DIE RETRIEVER-RETTUNG

MISS DOLITTLES GEHEIMNIS
BAND 10

MOLLY FITZ

KATZENGEHEIMNISSE

ÜBER DIESES BUCH

Octocat und ich haben offiziell unseren ersten bezahlten Auftrag an Land gezogen!

Unser Kunde? Kein Geringerer als der frisch gebackene Bürgermeister von Glendale. Denn irgendein verärgerter Wähler hat dessen geliebten Golden Retriever entführt und erpresst jetzt den armen Kerl: Sollte er nicht umgehend von seinem Amt zurücktreten, wird er seinen Hund nie wiedersehen.

Was unser Mandant allerdings nicht ahnt, ist, dass wir auf der Suche nach seinem vermissten Vierbeiner und einem Motiv für diese finstere Verschwörung auch seine Vergangenheit genauestens unter die Lupe nehmen werden!

Wuff, so viel zum Thema Drama!

Glücklicherweise steht mir bei meinen Ermittlungen der weltbeste sprechende Kater zur Seite. Da dürfte ja nichts schiefgehen … oder?

ANMERKUNG DER AUTORIN

Hallo. Danke, dass du dieses Buch gekauft hast. Wenn du ebenfalls ein großer Fan von spannenden, schrägen Tierkrimis bist, sollten wir unbedingt Freunde werden.

Wie wäre es, wenn du direkt einmal meine Facebook-Seite besuchst, die ich speziell für meine treuen deutschen Leser eingerichtet habe? Hier der Link dazu: **Facebook.com/Katzengeheimnisse**

Oder melde dich für meinen Newsletter an und sichere dir als Abonnent gratis ein digitales Geschenkpaket, einschließlich einer exklusiven Kurzgeschichte über Octocat: **Katzengeheimnisse.com/Abonnieren**

Ich bin sicher, wir werden eine Menge

Spaß miteinander haben. Also schnell umblättern …

Wir sehen uns dann auf der nächsten Seite.

MOLLY

1

Mein Name ist Angie Russo, und ich kann mit Tieren sprechen – das versuche ich jedoch tunlichst geheim zu halten. Ich lebe in Blueberry Bay in Maine, einer hübschen Gegend an der US-Ostküste. Dank meiner besonderen Fähigkeit erfahre ich Dinge, die anderen verborgen bleiben, und deshalb habe ich begonnen, Kriminalfälle zu lösen.

Anfänglich bin ich in so einige Verbrechen mehr oder weniger zufällig hineingeschlittert, einfach weil ich zur falschen Zeit am falschen Ort war. Doch jetzt habe ich beschlossen, mich als Spürnase selbstständig zu machen und deshalb eine Privatdetektei gegründet. Bisher hatte ich zwar noch keine zahlenden Kunden, aber das heißt ja nicht, dass ich keine gute Ermittlerin bin. Oder besser gesagt, dass wir keine guten Ermittler sind.

Wir – das sind mein Kater und ich. Ja genau, der Tiger ist tatsächlich mein Geschäftspartner. Unterstützt werden wir außerdem von meiner äußerst rüstigen Großmutter, deren süßem Chihuahua Paisley, meinem Freund Charles, der als Rechtsanwalt tätig ist, und sogar von einer Handvoll Tiere, die in der Nähe unseres Hauses leben, allen voran Pringle. Letzterer ist ein Waschbär, der in einem luxuriösen Baumhaus in unserem Garten haust und ziemlich süchtig nach Reality-TV-Sendungen ist.

Grandma und Charles können nicht mit Tieren sprechen, und ich habe auch noch nie jemand anderen getroffen, der dieses Talent besitzt. Warum ausgerechnet mir diese besondere Fähigkeit geschenkt wurde, weiß ich immer noch nicht genau. Ich weiß nur, dass ich einen brutalen Stromschlag von einer defekten Kaffeemaschine abbekommen habe, bewusstlos wurde und als ich wieder zu mir kam, hockte dieser Kater auf mir und redete auf mich ein.

Zuerst konnte ich nur ihn verstehen, aber mit der Zeit wurde ich als Tierflüsterin immer besser. Inzwischen kann ich mich mit den meisten Tieren unterhalten, nur bei manchen Arten funktioniert es einfach nicht.

Jener besondere Kater heißt Octavius von und zu, aber ich nenne ihn meist nur „Octocat". Nachdem wir gemeinsam den Mord an seiner früheren Besitzerin aufgeklärt hatten, landete er schließlich bei mir. Und er brachte nicht nur einen großzügigen Treuhandfonds und eine Villa am Stadtrand von Glendale mit, sondern bereichert mein Leben seitdem auch mit unzähligen spöttischen Kommentaren über mich und das, was ich so tue.

Der kleine Tiger hat sogar eine Freundin, eine ehemalige Showkatze namens Grizabella. Sie ist eine echte Himalayan, und die beiden führen eine Fernbeziehung, hauptsächlich über Instagram – über meinen Insta-Account. Sie ist eine reizende und gewitzte Katzenlady, kann aber mitunter auch ganz schön anstrengend sein. Aber, hey, wenn mein Kater glücklich ist, bin ich es auch.

Doch in letzter Zeit gab es für mich noch mehr Grund zur Freude, und Glück im Unglück hatten wir obendrein. Zuerst dieser Elektroschock, der mir Octocat und mein Spezialtalent bescherte, und dann trat, dank Grandmas impulsiver Ader, Paisley in unser Leben. Aber das ist nichts im Vergleich zu der

Tatsache, dass wir kürzlich ein großes Familiengeheimnis lüften konnten.

Mom und ich fanden heraus, dass Grandma uns nie die Wahrheit über die Herkunft unserer Familie erzählt hatte, obwohl sie mehr als fünfzig Jahre Zeit dazu gehabt hätte, reinen Tisch zu machen. Und auch wenn diese Entdeckung anfangs ein Schock für uns war, haben wir nur deshalb überhaupt erst erfahren, dass wir Verwandte in Georgia haben. Und so kam es, das ich in meiner Cousine Mags die Schwester fand, die ich zuvor nie hatte.

Sie kam über die Weihnachtsfeiertage zu Besuch, und wir hatten eine Menge Spaß miteinander, die meiste Zeit zumindest. Nur Heiligabend verlief etwas anders als erwartet ...

Sie kennt mein Geheimnis immer noch nicht, aber ich denke, ich werde es ihr erzählen, wenn wir uns das nächste Mal sehen. Ich hätte es ihr wahrscheinlich sagen sollen, bevor sie wieder nach Hause fuhr, hatte aber Angst, dass sie mich für verrückt erklären und der Rest unserer neuen Familie mich dann gar nicht erst kennenlernen wollen würde.

Ich meine, es klingt schon echt crazy, wenn jemand behauptet, er könne mit Tieren sprechen. Allerdings ist es in meinem Fall auch echt wahr und mein hervorstechendstes Merkmal von allen. Ich kann mir mein Leben gar nicht mehr anders vorstellen, und durch die Tiere ist bei mir immer etwas los.

Und das bringt mich zum heutigen Tag. Es ist noch früh im Jahr, Silvester erst wenige Wochen her, und obwohl ich da normalerweise keine guten Vorsätze fasse, habe ich mir dieses Mal dennoch etwas vorgenommen ... nämlich alles daranzusetzen, um unsere Detektei endlich ans Laufen zu bringen. Wir könnten zwar problemlos von Octocats Treuhandfonds und Grandmas Rente leben, aber es ist doch kein Zustand, wenn einem der Lebensunterhalt von der eigenen Katze finanziert wird, oder?

Außerdem besitze ich tatsächlich Abschlüsse in gleich sieben verschiedenen Studiengängen. Wenigstens einer davon sollte ja wohl für einen Job gut sein. Und einen solchen werde ich mir wohl suchen müssen, wenn mein Geschäft dieses Jahr nicht in Schwung kommt. Mein Freund Charles hat mir zwar angeboten, dass ich jederzeit wieder in seiner Kanzlei anfangen kann, doch bei aller Liebe zu ihm habe ich die Arbeit als Anwaltsgehilfin offen gestanden immer gehasst.

Aber ist ja auch egal, denn ich bin fest entschlossen, die Detektei zum Erfolg zu führen. Um aufzugeben, bin ich sowieso viel zu stur. Außerdem kann ich meinen Kater doch nicht im Stich lassen ...

* * *

„Hach, ist das aufregend", trällerte Grandma, als wir mit ein paar Bekannten aus Glendale vor dem Rathaus standen, um die Vereidigung des neuen Bürgermeisters mitzuerleben. Sie hielt Paisley im Arm, die fröhlich bellte. Octocat hatte es indes vorgezogen, zu Hause zu bleiben, da er Menschenmengen hasst, und auf sein ewiges Gezeter hatte ich heute überhaupt keine Lust.

Der neue Bürgermeister, Mark Dennison, erschien oben auf der Treppe. Er trug einen feinen marineblauen Anzug mit hellblauem Hemd und passender Krawatte. Mit seinen siebenundvierzig Jahren war er mindestens zwei Jahrzehnte jünger als sein Vorgänger McHenry, ein gestandener Mann und Familienvater. Dennison hingegen war überzeugter Junggeselle.

Kürzlich war er von der Presse auf sein Singledasein angesprochen worden und hatte geantwortet, dass sein treuer Golden Retriever mehr als genug Familie für ihn sei. Außerdem sei es für ihn auf diese Weise einfacher, sich voll und ganz auf seine neue Aufgabe zu konzentrieren, um unserem kleinen Glendale zu neuem Glanz zu verhelfen. Keine schlechte Antwort, oder?

Als Dennison sich nun auf das Podium zubewegte, ertönten laute Buhrufe aus der Menge. Grandma und ich drehten uns um und sahen eine Reihe von Demonstranten, die Schilder hochhielten, auf denen die Absetzung des neuen Bürgermeisters gefordert wurde – dabei war er ja gerade erst im Begriff, sein Amt anzutreten.

„Das ist geschmacklos", zischte Grandma und schüttelte den Kopf.

„Was haben die denn alle gegen ihn?", flüsterte ich.

Sie zuckte mit den Schultern. „Immer, wenn die amtierende Partei wechselt, gibt es welche, denen das bitter aufstößt. Das ganze Land ist ein Pulverfass, warum sollte das in unserer Stadt anders sein?"

Ich wandte mich wieder Dennison zu, der mit starrer Miene regungslos dastand. Armer Kerl. Er hatte die Wahl zwar gewonnen, doch nun wurde ihm dieser Höhepunkt seiner Karriere vergällt.

„Was ist los, Mami?", fragte Paisley und wedelte aufgeregt mit dem Schwanz. Durch ihren ewigen Optimismus schätzte sie Situationen oft falsch ein, und in diesem Moment verstand sie die aufgeheizte Stimmung der Menge nicht. Ich küsste sie auf den Kopf und flüsterte: „Mach dir keine Sorgen, Süße." So sehr ich die kleine Hündin auch liebte, es war anstrengend, ihr ständig alles erklären zu müssen – vor allem, wenn wir in der Öffentlichkeit waren und ich nicht frei sprechen konnte.

„Liebe Bürgerinnen und Bürger von Glendale“, dröhnte Dennisons Stimme trotz der anhaltenden Proteste. „Danke, dass Sie mich gewählt haben.“

Die Buhrufe und die Forderung nach seinem Rücktritt wurden lauter. Grandma neben mir dagegen juchzte und jubelte, obwohl ich genau wusste, dass sie nicht für ihn gestimmt hatte. Sie lächelte mich verschämt an. „Der arme Mann. Jemand muss ihn doch ermutigen.“ Also fiel ich in ihren Jubel mit ein.

Für einen kurzen Moment trafen Dennisons Augen meine, und er nickte mir unmerklich zu, bevor er fortfuhr. „Ich verspreche Ihnen, alles zu tun, was in meiner Macht steht, damit Glendale in den nächsten vier Jahren floriert und wir uns hier alle sicher und wohlfühlen können. Ich danke Ihnen.“ Er senkte den Kopf und verschwand wieder im Gebäude. Bestimmt würde sich Octocat nachher ärgern, diesen dramatischen Auftritt verpasst zu haben.

„Also, das war die kürzeste Antrittsrede, die ich je erlebt habe, und ich war bei allen dabei, seit ich vor vierzig Jahren hierhergezogen bin“, meinte Grandma.

„Es wird schon alles gut werden", murmelte ich. „Die Leute brauchen einfach Zeit, um sich an den neuen Mann zu gewöhnen."

Sie sog zischend die Luft durch die Zähne. „Ja, in ein paar Wochen sieht die Welt sicher schon ganz anders aus", antwortete sie dann.

Wir blieben noch eine Weile stehen und beobachteten, wie die Leute reagierten. Einige von ihnen verließen den Platz, aber die Demonstranten schienen immer zahlreicher zu werden und drängten sich noch näher an die Treppe vor dem Rathaus heran.

„Lass uns gehen", sagte Grandma mit einem traurigen Kopfschütteln, und auch ich wollte jetzt nur noch nach Hause.

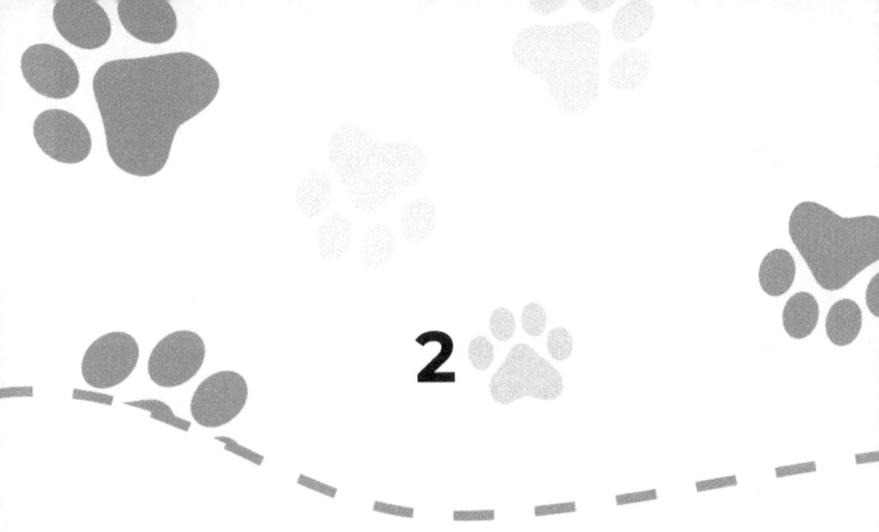

2

ch saß in der Nische vor dem großen Erkerfenster meiner Büro-Bibliothek und nippte an einer Jumbotasse English Breakfast Tea, während ich die tanzenden Flocken beobachtete. Octocat hockte zu meinen Füßen und bewegte seinen getigerten Schwanz in einem ruhigen Takt hin und her. Kaum ein Laut war im Haus zu hören.

„Nie im Leben würde ich jetzt freiwillig da rausgehen, ums Verrecken nicht", brummte er.

Ich senkte meine Tasse und kuschelte mich noch tiefer in die Decke, die ich um meine Schultern gelegt hatte. „So schlimm ist der Schnee nun auch wieder nicht."

Er betrachtete mich abschätzig. „Das sehe ich

anders. Schließlich ist das Zeugs nichts weiter als halbfestes Wasser. Nein, vielen Dank."

„Weißt du ...", erwiderte ich und musste grinsen, als er sich mir zuwandte. „Maine Coons lieben angeblich Wasser, und du bist doch zum Teil eine Maine Coon, oder?" Das hatte er zumindest immer behauptet, aber insgeheim wussten wir beide, dass es nicht stimmte.

Octocats Augen verengten sich, und sein Schwanz erstarrte. „Ja", antwortete er gedehnt, „aber ich bin zum Teil eben auch eine Tabby, und Tabbys mögen es nicht."

„Natürlich." Ich nahm rasch einen Schluck Tee, um zu verhindern, dass mir ein Kichern entwich. Ich sparte mir, ihn darauf hinzuweisen, dass es sich bei Tabby um die typische getigerte Fellzeichnung und nicht um eine Rasse handelte. Alles, was Octavius sagte, musste für bare Münze genommen werden, sonst wurde der gnädige Herr ärgerlich.

Beim Christmas Festival an Weihnachten, zu dem er mitgekommen war, hatte er sich nicht sonderlich über den vielen Neuschnee beschwert – zumindest nicht für seine Verhältnisse. Anscheinend hatten wir die für ihn akzeptable Schneemenge inzwischen überschritten. Möglicherweise wollte er mich auch dezent darauf hinweisen, dass ich mir mit dem

Schneeschippen vor dem Haus mehr Mühe geben sollte.

Ein vertrautes Klackern auf den Dielen kündigte Paisley an, die wie immer stürmisch wedelnd hereingetrabt kam. „Hallo, Mami. Darf ich zu dir kuscheln kommen?"

Octocat stöhnte und verdrehte die Augen, als der Chihuahua auf meinen Schoß sprang.

„Ich wollte nur kurz Hallo sagen, bevor Grandma und ich laufen gehen. Hallo!"

Ich musterte sie. „Bei dem Wetter läufst du mit?" Der Schnee musste mindestens doppelt so hoch sein wie die kleine Hündin selbst.

Verwirrt blickte sie mich mit großen Augen an. „Ja, natürlich. Wir gehen jeden Tag joggen, komme, was wolle."

„Wassertreten", witzelte Octocat mit einem schnellen Schwanzschnippen. „Sie gehen Wassertreten."

Genau am ersten Januar hatten Grandma und Paisley mit ihrem neuen Hobby begonnen und es seitdem jeden Tag durchgezogen. So war meine Großmutter eben. Sie hatte immer mehrere Steckenpferde, in der Regel mindestens ein künstlerisches und ein sportliches, meist auch noch einige mehr.

Ich hatte jedoch den Eindruck, dass es bei ihren

jüngsten Laufaktivitäten weniger um sie selbst als um mich ging. Nur allzu oft hatte sie schon bewiesen, dass sie mit ihren über siebzig Jahren viel besser in Form war als ich mit meinen noch nicht einmal dreißig. Erst vor wenigen Wochen konnte sie das wieder einmal eindeutig unter Beweis stellen, als wir durch die Innenstadt von Glendale stürmten, auf der Jagd nach Mördern und Kidnappern.

Offensichtlich hatte ich dabei zu laut geschnauft und zu oft herumgestöhnt, denn nun lud Grandma mich jeden Tag ein, sie zu begleiten – und jeden Tag lehnte ich dankend ab. Hatte sie wirklich geglaubt, dass sie mich mitten im tiefsten Winter zu einem neuen Trainingsprogramm überreden könnte? Nein, vielen Dank.

Natürlich wurden meine schlimmsten Befürchtungen bestätigt, als sie fünf Minuten später in der Bibliothek erschien. Sie trug einen pinkfarbenen Velours-Trainingsanzug und einen Mantel mit Leopardenmuster und Pelzkragen über dem Arm. „Komm schon, wir müssen heute etwas früher los. Ich muss noch einen kurzen Zwischenstopp einlegen, bevor wir uns auf die Piste begeben.“

Welche Piste sollte das denn sein? War sie heute etwa schon ganz früh aufgestanden, um sich selbst einen Weg freizuschaufeln? Mir entfuhr ein lautes

Gähnen, und gleichzeitig schauderte es mich bei dem Gedanken, draußen herumrennen zu müssen. „Viel Spaß da draußen, ihr zwei!"

„O nein, heute kommst du mit", beharrte Grandma, nahm meine Hand und versuchte, mich zum Aufstehen zu bewegen. Mit gespielt schmerzerfüllter Miene entzog ich mich ihrem sanften Griff. „Netter Versuch. Aber auch heute bleibt es dabei: Macht ihr das mal schön allein. Octocat und ich werden hier die Stellung halten. Bis später."

„Von wegen! Diesmal akzeptiere ich kein Nein." Sie verschränkte die Arme vor der Brust und verengte drohend die Augen.

„Warum nicht? Sonst hattest du doch auch Verständnis für mich." In dem Moment war mir klar, dass ich mich auf dünnem Eis bewegte.

Sie deutete auf den großen Kalender mit den Comic-Katzen, der an der Wand über meinem Schreibtisch hing, stöhnte und marschierte zu ihm hinüber. Sie nahm ihn ab, schlug die Januarseite um, und nun lachte uns ein Vertreter der Space Cats entgegen, der in einer gigantischen Taco-Schale durchs Weltall sauste.

„Heute ist der erste Februar, das heißt, deine Schonzeit ist um", zwitscherte Grandma. Ich schwieg, weil ich wusste, dass es überhaupt keinen

Sinn hätte, mit ihr zu diskutieren. Je mehr ich sagen würde, desto unerbittlicher wäre sie am Ende.

„Selbst wenn du dich den ganzen Januar erfolgreich gedrückt hast, aber ein neuer Monat ist immer auch eine Chance, neu anzufangen", fuhr sie fort.

„Kann ich vielleicht in einem wärmeren Monat anfangen?" Ich schaute wieder aus dem Fenster. Alles war weiß – der Boden, der Himmel und selbst mein Spiegelbild, weil ich vor Angst kreidebleich geworden war. Diesmal meinte sie es ernst.

Ich war geliefert. Zumindest musste ich ein letztes Mal versuchen, sie umzustimmen: „Ich habe überhaupt keine Sportsachen, die ich anziehen könnte", klagte ich mit betrübter Miene.

„Doch, hast du", erwiderte sie mit einem breiten Grinsen. „Dein neuer Jogginganzug wartet schon auf dich. Wir gehen natürlich im Partnerlook. Außerdem habe ich dir ein Paar Laufschuhe und dicke Wollsocken besorgt. Das liegt alles schon in deinem Zimmer für dich bereit. Husch, husch. Wie gesagt, wir müssen noch einen kurzen Zwischenstopp einlegen, bevor wir richtig durchstarten."

Jetzt konnte mich nur noch ein Wunder retten. Ich hob den Blick zu der niedlichen Weltraumkatze auf dem Kalender und flehte sie im Stillen an, ein gutes Wort beim Universum für mich einzulegen, damit Großmutter Gnade walten ließ. Es funktionierte nicht.

„Fünf Minuten", rief sie entschlossen und tippte mit dem Fuß mehrmals ungeduldig auf den Boden, „dann geht's los, ob du fertig bist oder nicht."

Wir wussten beide, dass sie mich zur Not halbnackt hinaus in den Schnee schleppen würde, wenn ich auch nur eine Sekunde länger bräuchte. Und ebenso wussten wir beide, dass sie die Stärkere von uns beiden war.

Was blieb mir also anderes übrig? Hastig rannte ich hinauf in mein Turmzimmer, um mich umzuziehen. Octocats schadenfrohes Lachen schallte hinter mir her.

3

Die Beifahrertür von Grandmas kleinem, roten Sportcoupé ließ sich nicht öffnen. Normalerweise sorgte sie dafür, dass das Auto nicht nur aufgeschlossen, sondern auch innen mollig warm war, bevor wir losfuhren, da sie die Standheizung per Funk einschalten konnte.

„Wir nehmen deinen Wagen!", rief sie mir von der Veranda vor der Haustür aus zu und ging federnd die Stufen hinunter, mit Paisley im Schlepptau.

Mein Auto stand jedoch nicht dort, wo ich es normalerweise parkte. Grandma bemerkte mein Zögern und zeigte zur anderen Seite des Hauses. Mein Atem bildete eisige Wölkchen in der Luft. Auf das Laufen freute ich mich zwar ganz und gar nicht, aber zumindest würde mir dabei warm werden.

Als ich es erblickte, stöhnte ich entsetzt auf. Meine bescheidene Kiste war tatsächlich mit einem pinkfarbenen Schneepflug ausgestattet worden. „Was ist das denn?", rief ich irritiert.

Grandma ging an mir vorbei, öffnete die Tür und setzte sich auf den Fahrersitz. „Das ist natürlich unser Räumfahrzeug für unsere Laufstrecke."

Oh, natürlich. „Warum ist das Teil pink?"

Sie lächelte mich voller Stolz an. „Weil das meine Lieblingsfarbe ist. Das weißt du doch. Ich habe es extra anfertigen lassen."

„Und hast du es auch ganz allein montiert?", murrte ich. Obwohl meine Großmutter in fantastischer Form war, konnte ich mir nur schwer vorzustellen, dass sie dieses Monstergerät ohne fremde Hilfe angebracht hatte.

Sie machte eine wegwerfende Handbewegung. „Unsinn, ich habe Cal gebeten, das zu übernehmen."

Na toll. Cal war zwar unser Lieblingshandwerker, aber den würde ich mir vorknöpfen, wenn ich ihn das nächste Mal sah. Ich kletterte auf den Beifahrersitz und schnallte mich an. Paisley stemmte sofort ihre Vorderpfoten gegen die Tür, um aus dem Fenster zu schauen, aber das war so vereist, dass man fast nichts erkennen konnte.

„Warum sind wir im Auto? Wir wollten doch Joggen gehen!"

Mich persönlich beschäftigten andere Fragen: „Wird mein Wagen das auch sicher aushalten? Es hat doch seine Gründe, warum diese Schneepflugdinger normalerweise nur an Unimogs und dergleichen montiert sind."

Grandma seufzte. „Dieser hier ist aus Plastik und nicht aus Metall. Ich bin sicher, dass es gutgehen wird."

Aha. Berühmte letzte Worte.

„Außerdem, wie sollen wir uns sonst unsere Laufbahn freiräumen?" Sie drehte den Schlüssel im Zündschloss, und meine alte Karre sprang an. Sie machte einen Ruck nach vorne und blieb dann genauso unvermittelt wieder stehen.

„Was ist denn jetzt kaputt?", entfuhr es meiner Großmutter, und sie drückte erneut aufs Gaspedal. Diesmal rührte sich der Wagen überhaupt nicht. „Gestern Abend hat es noch funktioniert." Daraufhin verstummte sie.

„Schade. Dann müssen wir das Laufen wohl doch noch mal verschieben." Rasch stieg ich aus und marschierte zum Haus zurück. In Gedanken hielt ich bereits die zweite Tasse heißen Tee in meiner Lieblingsleseecke in Händen, als Grandma mir hinterherkam und rief: „Warte, nicht so hastig, wir nehmen mein Auto."

Ich stapfte weiter und dankte dem Universum, nun doch zu meinem normalen Tagesablauf zurückkehren zu können. „Wenn schon meine Karre mit diesem Ding nicht klarkommt, dann schafft deine es erst recht nicht."

Grandma reagierte nicht darauf und sprach stattdessen mit der Chihuahua-Hündin: „Paisley, es tut mir leid, aber du musst hierbleiben. Der Schnee ist zu tief für dich." Sie brachte die Kleine zur Veranda und setzte sie neben der elektronischen Katzen- beziehungsweise Haustierklappe ab.

Die arme Maus winselte und sah mich hilfesuchend an. „Mami, sag Grandma, dass ich mitkommen will. Ich will immer mitkommen."

Das brauchte ich nicht zu übersetzen. Paisleys Wimmern und ihr eingeklemmter Schwanz sagten alles. „Ich wünschte, ich könnte mit dir tauschen, aber Grandma hat recht, der Schnee ist zu tief für dich."

„Quatsch!", rief Paisley, hüpfte die Treppe hinunter und sprang mit einem enormen Satz in die nächste Schneewehe, in der sie sofort unterging. Nicht einmal mehr die Spitzen ihrer großen, fuchsähnlichen Ohren waren noch zu sehen. Ich stürzte hinter ihr her, hob sie heraus und nahm sie in die Arme. Sie war zu schockiert, um etwas zu sagen, zitterte am ganzen Körper, und alles, was sie nach einigen Augenblicken hervorbrachte, war: „K-k-kalt!"

„Wir sind bald wieder da", versprach ich ihr und flüsterte ihr dann noch zu: „Versprochen, so schnell wie möglich." Trotzdem jammerte sie erneut, als ich sie wieder vor der Katzenklappe absetzte. „Geh doch mal nachsehen, was Octocat macht. Vielleicht kannst du ihm helfen", schlug ich ihr vor. Und als wäre nichts gewesen, hob sie wedelnd ihr Schwänzchen, schlüpfte durch die Klappe hinein, und drinnen hörte ich sie fröhlich bellend nach ihrem Katzenkumpel rufen.

„Alles in Ordnung?", fragte Grandma und zog fragend eine Augenbraue hoch.

„Mit Paisley schon", grummelte ich, trottete jedoch brav hinter ihr her zu ihrem Auto und stieg ein. Das würde eine echte Qual werden.

„Wohin fahren wir denn eigentlich?", fragte ich kurze Zeit später, da sie mir das noch immer nicht verraten hatte.

„Eine Freundin aus meinem Kunstkurs braucht im Moment etwas Hilfe. Bei diesem Wetter leidet sie unter Arthritis, und da ihre Zwillingsenkel seit diesem Jahr auf dem College und nicht mehr in der

Stadt sind, hat sie niemanden, der mit Cujo Gassi geht."

Ich keuchte entsetzt auf. „Cujo? Ich weiß wohl, dass Stephen King auch aus Maine stammt, aber mal ehrlich, was ist das für ein Name für einen Hund? Vor allem wenn man bedenkt, was Cujo alles angerichtet hat." Grandma seufzte, hielt den Blick jedoch auf die Straße gerichtet. „Sagt jemand, der seine Katze Octocat nennt", meinte sie trocken, und ich konnte mir das Lachen nur gerade so verkneifen.

„Bitte sag mir, dass er kein Bernhardiner ist."

„Nein, er ist ein Mischling. Ein Husky mit noch etwas anderem. So genau weiß ich es nicht." Nun denn, wir würden es bald herausfinden.

Und tatsächlich erreichten wir, trotz des tiefen Schnees und der vereisten Straßen, nach nur etwa fünf Minuten das Haus von Grandmas Freundin.

„Warte hier", meinte sie, stapfte zur Rückseite des Hauses und kehrte kurz darauf mit einem riesigen, zotteligen Tier an der Leine zurück. Sie gab mir ein Zeichen auszusteigen und mitzukommen. „Wir können von hier aus loslaufen."

„Ist das Cujo?", fragte ich und beäugte den Hund zögernd. Er war zwar kein Bernhardiner, aber fast so groß wie einer. Seine hellen, stahlblauen Augen vermittelten ihm ein unheimliches Aussehen.

Grandma gluckste. „Wer soll es sonst sein, Liebes?"

„Hör auf, mich so anzustarren", sagte der Hund und erinnerte mich daran, dass ich – stimmt ja – mit Tieren sprechen kann.

„Wie denn?", erwiderte ich. Meine Stimme zitterte, teils vor Kälte und teils vor Nervosität.

„Du sprichst meine Sprache? Seltsam." Diese Feststellung schien ihn jedoch nicht wirklich zu beeindrucken, denn er ging sofort dazu über, meine Frage zu beantworten.

„Hör auf, mich so anzuschauen, wie es alle tun. Als ob ich dich gleich fressen würde. So wie du riechst, würdest du bestimmt eklig schmecken."

Und dann stieß er mit weit geöffnetem Maul ein lautes Lachen aus, das ziemlich selbstgefällig klang. „Hör mal, ich bin ein Arbeitshund. Das heißt, ich konzentriere mich auf die Aufgabe, die gerade erledigt werden muss, und im Moment ist es mein Job, deine Großmutter bei ihrem Training zu unterstützen."

„Na gut", antwortete ich und entzog mich seinem strengen Blick.

„Auf die Plätze, fertig, los!", trällerte Grandma, und legte ein Tempo vor, bei dem ich ohne Zweifel nicht würde mithalten können.

„Wartet auf mich!", rief ich ihr und dem übergroßen Husky hinterher, als sie die verschneite Vorstadtstraße hinunterpreschten. Der Tag hatte gerade erst begonnen, doch ich wünschte mir nichts mehr, als ihn schon hinter mir zu haben.

4

ch bin mir ziemlich sicher, dass ich an diesem Morgen fast gestorben wäre. Allerdings nur fast. Irgendwie schaffte ich es, die elend lange Strecke zu bewältigen, ohne mit dem Gesicht voran in den Schnee zu fallen. Diese Befürchtung war keineswegs abwegig, denn zwischendurch rutschte ich auf unserer schnee- und eisglatten Strecke immer wieder aus.

So sehr ich auch besser in Form kommen wollte, ein Dauerlauf im Schneegestöber war sicher nicht der richtige Ansatz dafür. Cujo jedoch schien da ganz anderer Meinung zu sein. Er betrachtete sich als unseren Personal Trainer und bellte sowohl mir als auch Grandma während der gesamten halbstündigen Tortur im Offizierston Ermutigungen zu.

„Etwas mehr Tempo! Ja, so ist gut! Und weiter! Bewegt euch!", brüllte er, während er kräftig an der Leine zog und uns dazu zwang, so schnell zu laufen, wie unsere Füße uns tragen konnten.

Als wir schließlich wieder bei ihm zu Hause ankamen, warf er mir einen langen, mitleidigen Blick zu und legte seine Ohren flach an den Kopf. „Das war ja nicht gerade eine gute Leistung von dir heute. Wir müssen härter trainieren, damit du fit wirst für die nächsten Aufgaben."

„Welche nächsten Aufgaben?", bellte ich zurück und begann bereits zu zittern, nun, da wir uns nicht mehr bewegten.

„Was auch immer als Nächstes kommt", antwortete er. Keine Ahnung, wie er das gemeint hatte oder worauf er anspielte, aber da ich mich dermaßen erschöpft fühlte, war es mir auch ziemlich egal.

„Das war doch gar nicht so schlimm, oder?", meinte Grandma, als wir uns beide wieder in ihr Auto gesetzt hatten. Mir konnte sie allerdings nichts vormachen. Selbst sie war nach diesem heftigen Training völlig außer Puste.

Ich lachte und lehnte mich zurück. Meine Muskeln brannten. Alles tat weh. Und ich ahnte schon, dass sie mich zwingen würde, das Ganze morgen zu wiederholen … und übermorgen … und überübermorgen.

Ich fragte mich, was schlimmer war: das Fitnesstraining mit meiner Großmutter oder ein Bootcamp? Blieb nur zu hoffen, dass Kommandant Cujo uns in Zukunft nicht mehr drillen würde. Da waren mir Paisleys ermutigende Art doch deutlich lieber – und auch ihr Tempo.

„Du hast dich ganz schön ins Zeug gelegt, Liebes. Heute kannst du dir guten Gewissens etwas Süßes genehmigen", lobte mich Grandma, als wir wieder daheim waren. Noch immer voller Tatendrang, huschte sie in die Küche, um etwas Leckeres für uns zu backen, wie sie es vormittags häufig tat.

Es lag mir auf der Zunge, anzumerken, wie sinnlos es doch sei, Sport zu treiben, wenn wir es nur als Ausrede benutzen, um uns danach die doppelte oder dreifache Menge an Kalorien in Form von Süßkram reinzupfeifen. Allerdings hätte das dazu führen können, dass unser Training künftig noch härter ausfallen würde, und das wollte ich auf keinen Fall riskieren. Nein, vielen Dank!

Ich hatte gerade den mühsamen Aufstieg in die erste Etage begonnen, als es an der Tür klingelte. Genau genommen ertönte die Melodie von „Eye of the Tiger", was ein für alle Mal bewies, dass Grandma die heutige Fitnesstortur lange im Voraus geplant hatte.

„Ich komme!", rief ich und drehte mich langsam um. Autsch, autsch, autsch.

„Was ist denn mit dir passiert?", fragte Octocat, während er mühelos die Treppe hinuntertrabte, als wolle er mich mit der Leichtigkeit seiner Bewegungen verspotten.

„Grandma ist mir passiert", grummelte ich laut schnaufend. Er hob eine Pfote und lachte in sich hinein. „Ich kann es mir schon denken."

Es läutete erneut. Octocat sah mich vorwurfsvoll an. „Willst du nicht aufmachen?"

„Ich komme!", rief ich abermals und zwang mich, schneller über den Flur zu humpeln. Endlich erreichte ich die Tür, und als ich sie mit einem erleichterten Lächeln aufstieß, starrte mich ein vertrautes Gesicht an. „Herr B-B-Bürgermeister", stotterte ich überrascht. „Was verschafft uns die Ehre?"

Octocat ließ sich gespannt neben mir nieder, trotz des eisigen Luftzugs, der sofort ins Haus wehte, aber einen Sitzplatz in der ersten Reihe wollte er sich wohl nicht entgehen lassen.

Der Bürgermeister nahm seine überdimensionierte Fellmütze ab, und ein wirrer Haarschopf kam zum Vorschein. „Darf ich bitte eintreten?"

„Angie!", rief Grandma, die leichtfüßig auf uns zueilte. Im Gegensatz zu mir schien unser Frühsport sie nicht mitgenommen zu haben. „Ist das der Bürgermeister? Lass ihn doch nicht in der Kälte stehen!"

Sie drängte sich an mir vorbei, legte ihm mütterlich einen Arm um die breiten Schultern und führte Mr. Dennison in unser Wohnzimmer. „Lassen Sie uns einen Tee trinken, damit Ihnen wieder warm wird, und dann können Sie uns alles erzählen."

„Grandma", schaltete ich mich ein. „Er hat uns doch noch gar nicht gesagt, warum er überhaupt hier ist."

„Perfekt, dann kann er uns das beim Tee erzählen. Mit einer schönen, dampfenden Tasse in der Hand lässt es sich immer am besten plaudern, finden Sie nicht auch?" Ohne seine Antwort abzuwarten, flitzte sie zurück in die Küche und überließ es mir, peinlichen Smalltalk mit dem Bürgermeister zu betreiben, jenem Mann, den halb Glendale anscheinend am liebsten zum Mond schießen würde.

„Ganz schön viel Schnee da draußen", murmelte ich und kam mir dabei wie ein Idiot vor. Es war Februar in Blueberry Bay, und zu dieser Jahreszeit lag hier fast immer viel Schnee . Er nickte, lächelte und blickte in Richtung Küche. Nach seinen politischen Angelegenheiten wollte ich mich nicht erkundigen, da ich bereits um die angespannte Lage wusste, und Grandma hätte es mir sicher übelgenommen, wenn ich ihn nach dem Grund seines Besuchs gefragt hätte, bevor sie mit dem Tee zurückkehrte.

Glücklicherweise kam Paisley uns zu Hilfe und hüpfte auf Dennisons Schoß. „Ich rieche einen Hund!", trillerte sie und wedelte neugierig mit dem Schwanz.

„Sie scheint Sie zu mögen", sagte ich lächelnd. „Sind Sie ein Hundemensch?"

Darauf ertönte ein genervtes Stöhnen von Octocat, der das Geschehen von irgendwo am anderen Ende des Raumes aus verfolgte. Die Frage mochte er eindeutig nicht, und die Antwort wollte er schon gar nicht hören.

„Ich habe – besser gesagt, hatte – einen Hund", antwortete der Bürgermeister mit einem wehmütigen Seufzer. „Eigentlich bin ich deshalb hier. Ich ..."

„Hey, wartet, ich bin sofort da!" Grandma kam mit drei Tassen Tee und diversen Gebäckstücken auf einem Tablett zurück ins Wohnzimmer geeilt. „Ich will das auch hören."

Unser Besucher räusperte sich und faltete die

Hände im Schoß, während Grandma servierte. Als wir endlich alle versorgt waren und auch sie sich gemütlich niedergelassen hatte, sagte sie mit einer ausladenden Geste: „Jetzt dürfen Sie loslegen."

„Ich bin gekommen, weil ich gehört habe, dass Sie Privatdetektivin sind", sagte er, an Großmutter gewandt. Den Tee, den sie ihm gereicht hatte, rührte er nicht an.

„Nicht ich, sie", erwiderte sie glucksend und zeigte auf mich. Ich winkte ihm unbeholfen zu.

„Okay, wie auch immer. Ich möchte Sie engagieren, um mir zu helfen." Jetzt sah er mich direkt an.

„Wo liegt das Problem?", fragte ich und fühlte mich in diesem Moment sehr professionell. Hier saß ich nun und wurde endlich als richtige Ermittlerin wahrgenommen. Noch dazu sollte ich demjenigen Mann helfen, der das höchste politische Amt Glendales innehatte. Für eine Kleinstadt-Detektivin war das doch schon fast ein Ritterschlag, oder?

Doch dann ergriff er wieder das Wort und zerstörte meine Hoffnung auf einen bedeutungsvollen Fall. „Es geht um meinen Hund, um genau zu sein. Er ist verschwunden."

Ich verschluckte mich an meinem Getränk, was zu einem unangenehmen Hustenanfall führte. „Ihr Hund?", krächzte ich. „Wieso? Ist er weggelaufen?"

„Nein", antwortete er entschieden. „Marco ist nicht von sich aus weggelaufen. Er wurde entführt."

Grandma zog leicht die Augenbrauen hoch. „Was macht Sie da so sicher?"

„Der Entführer hat eine Nachricht hinterlassen. Ein Erpresserschreiben." Nachdem er uns das enthüllt hatte, nahm der Bürgermeister endlich einen Schluck von seinem Tee, sehr zu Grandmas Zufriedenheit.

Ich lehnte mich zurück und horchte in mich hinein. Mein Körper war immer noch erschöpft, aber mein Gehirn arbeitete auf Hochtouren, dass es nur so ratterte. Das könnte vielleicht doch noch ein spannender Fall werden.

5

„ich habe das Erpresserschreiben mitgebracht", sagte Bürgermeister Dennison und zog einen Zettel aus seiner Brieftasche. Er reichte ihn mir, und Grandma lehnte sich zu mir herüber, um ihn besser lesen zu können, wobei sich ihre Lippen bewegten, weil sie jedes Wort lautlos aussprach.

Die Nachricht war auf ein weißes Blatt Papier gedruckt worden, in einer solch großen Schrift, dass sie fast die ganze Seite ausfüllte, obwohl sie nur wenige Worte enthielt: *Treten Sie zurück, sonst machen wir den Hund fertig.*

„Was meinen die bloß damit? Sie hätten sich schon etwas genauer ausdrücken können", kommentierte Grandma das Schreiben leicht scherzhaft.

Ich bemerkte, dass der sonst so stoische Bürgermeister Tränen in den Augen hatte. „Glauben Sie wirklich, dass sie Marco etwas antun würden?", fragte er und blickte bedrückt zu Boden.

In meinem Hals hatte sich bereits ein Kloß gebildet, den ich hinunterzuschlucken versuchte. „Ich weiß es nicht", gab ich zurück, was natürlich nicht sehr hilfreich war, aber schließlich hatten wir noch keinen einzigen Anhaltspunkt, wer diese Erpresser sein könnten.

„Bitte finden Sie heraus, wer dahintersteckt", flehte Dennison und streckte mir seine gefalteten Hände entgegen. „Ich bezahle, was auch immer Sie verlangen. Marco ist meine Familie, die einzige, die ich habe. Wir haben schon so viel gemeinsam durchgestanden, und der Gedanke, dass ihm etwas zustoßen könnte, ist mir unerträglich."

In dem Moment tat er mir leid, jedoch versuchte ich, mich auf die Fakten zu konzentrieren. „Wer könnte ein solch großes Interesse daran haben, Sie aus dem Amt zu drängen, dass er zu einer Hundeentführung greift?", fragte ich ihn.

Im nächsten Augenblick mischte sich Grandma ein: „Natürlich übernehmen wir Ihren Fall. Wir werden sofort loslegen." Er blickte zwischen uns hin und her, offenbar unschlüssig, wem er zuerst antworten sollte.

Dann tauchte Octocat aus seinem Versteck auf und sprang auf den Couchtisch, direkt neben Grandmas sorgfältig arrangiertes Gedeck. Schwanzzuckend starrte er unseren neuen Kunden kritisch an. „Ich weiß nicht, ob ich bei der Suche nach einem verlorenen Hund helfen will", sagte er mit einem überheblichen Lächeln. „Ich möchte nicht, dass es bei unserem ersten bezahlten Fall, der in die Geschichte eingehen wird, nur um einen dummen Köter geht. Wie sähe das denn aus?"

Paisley wimmerte und bedeckte ihre Schnauze mit den Pfoten. Octocat jedoch fuhr unbeirrt fort. „Ich meine, er ist nicht einmal tot. Wir haben in letzter Zeit eine hundertprozentige Erfolgsquote bei den Morden. Zuletzt haben wir sogar einen Doppelmord aufgeklärt. Einen Doppelmord! Du verstehst sicher, worauf ich hinauswill, nicht wahr? Eine Hundeentführung ist unter unserer Würde."

Ich warf meinem Kater einen entrüsteten Blick zu und wünschte, ich hätte ihm offen die Meinung geigen können. Leider musste ich sein arrogantes Gehabe ignorieren, denn der Bürgermeister saß da und musterte mich aufmerksam.

„Ja, wir übernehmen den Fall und werden sofort alles daransetzen, Ihren Hund zu finden", sagte ich mit einem, wie ich hoffte, beruhigenden Nicken.

„Ja", witzelte Octocat, „denn wir haben im Moment ohnehin keine anderen Fälle."

Das reichte jetzt. Ich beugte mich vor und scheuchte ihn mit der Hand vom Tisch. „Böses Kätzchen", sagte ich mit Nachdruck, obwohl mir bewusst war, dass er sich später dafür rächen würde.

„Haben Sie irgendwelche Fotos von Marco?", fragte Grandma und nahm einen großen Schluck Tee.

„Er ist ein typischer Golden Retriever und hat keine besonderen Merkmale oder Ähnliches. Auf meiner Facebook-Seite habe ich aber alle möglichen Bilder von ihm gepostet, falls Sie welche brauchen."

„Danke. Das ist sicher hilfreich", sagte ich, um Grandma etwas zu bremsen. Schließlich war ich hier die Privatdetektivin. „Worüber wir aber wirklich reden müssen, sind Ihre Feinde."

„Meine Feinde?", fragte er verblüfft. Dann verhärteten sich seine Züge und er sah mich kühl an.

„Offensichtlich haben Sie welche, wenn jemand versucht, Sie mit Marco zu erpressen." Er wirkte auf einmal sichtlich nervös, und um die Situation aufzulockern, sagte ich: „Übrigens, Sie können mich gerne Angie nennen, wenn das für Sie in Ordnung ist."

Er nickte und entspannte sich etwas. „Ja natürlich, Angie. Ich bin Mark."

Erst jetzt fiel mir die Ähnlichkeit seines Vornamens, der mir bis gerade gar nicht so präsent war, mit dem seines Hundes auf. Er hatte seinen Vierbeiner nach sich selbst benannt und einfach eine Silbe angehängt. Mark. Marco.

„Mark", sagte ich und bemühte mich um einen ernsten Gesichtsausdruck. „Freut mich".

Dann saßen wir alle für einen Moment schweigend da.

„Ich weiß, dass es nicht leicht ist, darüber zu sprechen, aber es ist wichtig. Bei Ihrer Amtseinführung hat es ja einen ordentlichen Aufstand gegeben. Ihre Wahl schien ziemlich umstritten zu sein. Was hat es damit auf sich?"

Obwohl ich die Politik nicht besonders aufmerksam verfolgte, hatte ich den einen oder anderen Bericht in den Nachrichten zu diesem Thema mitbekommen. Dennoch wollte ich Marks eigene Meinung dazu hören. Vielleicht würden wir dadurch zu konkreteren Erkenntnissen gelangen.

Er fuhr sich mit der Zunge über die Lippen und verschränkte die Finger. „Ach, die üblichen Geschichten. Die Tatsache, dass ich Junggeselle bin, scheint für viele ein großes Thema zu sein. Die glauben offenbar, dass ein alleinstehender Mann nicht Bürgermeister einer Stadt sein kann, in der die Familienpolitik großgeschrieben wird." Er sagte das mit einem schnippischen Unterton und hielt kurz inne, bevor er fortfuhr.

„Und wie Sie wissen, fiel das Wahlergebnis recht knapp aus. Die Anhänger meines Gegners verlangten eine Neuauszählung, aber das wurde nicht genehmigt, weil man das für eine Verschwendung von Steuergeldern hielt, und deshalb wurde ich vereidigt."

Das war mir alles nicht neu, aber wieso sollte ihn jemand deswegen erpressen und drohen, seinem geliebten Golden Retriever etwas anzutun? Das war doch kein Motiv, selbst wenn man den Hundebesitzer nicht leiden konnte. Außerdem galten Golden Retriever als *die* Familienhunde schlechthin. Bestimmt hatte es dem Bürgermeister sogar einige Pluspunkte eingebracht, dass er einen besaß. Irgendetwas passte hier nicht zusammen, und ich war mir ziemlich sicher, dass er etwas verheimlichte.

„Ist das alles?", fragte ich vorsichtig.

„Das ist alles", versicherte mir Mark mit einem kurzen Nicken.

Octocat ließ sich auf meinen Füßen nieder, bestrafte mich jedoch vorher mit einem kräftigen Biss in den großen Zeh dafür, dass ich ihn kurz zuvor runtergeschmissen hatte. „Er lügt", informierte er mich mit einem leisen Knurren.

Ich holte tief Luft und sah Mark aufmerksam an.

„Sind Sie sicher, dass es sonst nichts gibt? Keinen anderen möglichen Grund für die Entführung?"

„Da bin ich mir sicher", beharrte Mark und lächelte beschwichtigend in meine Richtung.

„Ich bleibe dabei, er lügt", raunte Octocat, aber das war mir jetzt auch klar. „Und zwar wie gedruckt."

„Oh … okay", sagte ich gedehnt. „Dann erzählen Sie mir doch bitte von den letzten paar Tagen. Ist da irgendetwas Ungewöhnliches passiert? Hat sich jemand in dieser Zeit besonders für Marco interessiert?"

Er berichtete mir, was bei ihm die letzten Tage alles los war. Währenddessen fragte ich mich, warum er mich beauftragte und mir dann zumindest einen Teil der Wahrheit vorenthielt. Ein Kunde, der mich nicht ehrlich über seine Situation informierte, würde die Lösung des Falls zweifellos erheblich erschweren.

Dennoch konnte ich nicht zulassen, dass Marco leiden musste, weil sein Besitzer Dreck am Stecken hatte – was auch immer es sein mochte, wir würden es hoffentlich bald herausfinden.

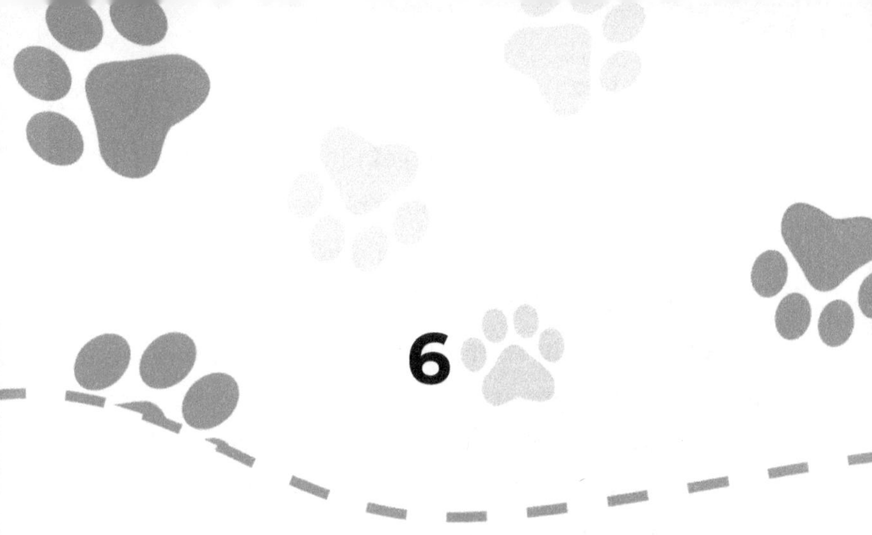

6

Nachdem Bürgermeister Dennison gegangen war, setzten wir uns mit den Tieren an den großen Esstisch, um die Lage zu besprechen.

„Wir haben also wieder eine Entführung", sagte Grandma nachdenklich. „Mit so etwas hatten wir ja erst kürzlich zu tun."

Das war Fakt, und darüber hatte ich auch bereits nachgedacht. Unser letzter Entführungsfall lag erst wenige Wochen zurück, und ein weiterer schon etwas länger. Beide hatten mich noch mehr Nerven gekostet als meine sämtlichen anderen Ermittlungen, vor allem, weil sie mich auf eine sehr persönliche Weise betrafen.

Zunächst war Octocat gekidnappt worden, und zwar genau zu dem Zeitpunkt, als die Familie von Ethel Fulton, seiner früheren Besitzerin, das Testament angefochten hatte, um ihn um sein Erbe zu bringen. Die Hauptverantwortliche hatte getobt, weil wir Octocat gerade noch rechtzeitig vor dem Gerichtstermin gefunden und zurückgebracht hatten. Mein kleiner Tiger hat ihr im Eifer des Gefechts tiefe Kratzer beigebracht, und die Narben werden sie hoffentlich immer an jenen Tag erinnern. Seitdem haben wir von der ganzen Bagage, die an dieser Sache beteiligt war, jedoch nichts mehr gesehen.

Die zweite Entführung geschah an Heiligabend. Da wurde meine Cousine Mags auf dem alljährlichen Christmas Festival plötzlich in einen Lieferwagen gezerrt und verschleppt. Die Täter – ein Mann und eine Frau – verbanden ihr die Augen und fuhren mit ihr davon. Aber irgendwann bekamen sie kalte Füße und ließen sie wieder laufen.

Wie sich im Nachhinein herausstellte, hatten sie eigentlich mich mitnehmen wollen, doch da mir meine Cousine wahnsinnig ähnlichsieht, kam es zu dieser Verwechslung. Mags erzählte mir, dass die beiden sie immerzu „Russo" nannten – so heiße ich mit Nachnamen – und sie warnten, sie solle ihre Nase nicht weiter in Dinge zu stecken, die sie nichts angingen, sonst würden sie ihr irgendwann etwas antun.

An Neujahr ist Mags dann wieder nach Larkhaven, ihrer Heimatstadt in Georgia, zurückgekehrt, und hat sich zum Glück rasch von diesem Riesenschrecken erholt. Seither gab es kein einziges Zeichen von ihren mysteriösen Kidnappern, und es ist mir weiterhin ein Rätsel, wer sie überhaupt waren.

Es erschien mir sehr unwahrscheinlich, dass der entführte Retriever irgendetwas mit einem dieser vergangenen Ereignisse zu tun hatte, aber zumindest konnte es für unseren aktuellen Fall nicht schaden, sich die damaligen Ermittlungen noch einmal vor Augen zu führen. Immerhin ein Ansatz.

„Denkst du darüber nach, wie Mags und Octocat entführt wurden?", erriet Grandma meine Gedanken, und stützte das Kinn auf ihre verschränkten Finger.

Ich nickte und stieß einen tiefen Seufzer aus. „Das war beides ziemlich krass."

„Mark wird bestimmt verrückt vor Sorge um seinen armen Hund sein", erwiderte sie stirnrunzelnd.

„Hm. Ich bin mir da ehrlich gesagt nicht so sicher." Ich warf einen Blick zu Octocat hinüber, der sich auf die gegenüberliegende Seite des Tisches gesetzt hatte und sich gerade ausgiebig den Kopf putzte. Er hielt inne und nickte zustimmend.

„Octocat ist davon überzeugt, dass uns der Bürgermeister angelogen hat oder zumindest etwas Wichtiges verheimlicht", verriet ich ihr und ließ mir das Gespräch mit Dennison noch einmal durch den Kopf gehen.

„In Bezug worauf?", wollte Grandma wissen, was ich nur mit einem ratlosen Kopfschütteln beantworten konnte. Wenn ich das bloß wüsste.

Sie seufzte. „Das hilft uns nicht weiter."

„Immerhin wissen wir jetzt, dass wir seine spärlichen Ausführungen mit Vorsicht genießen sollten." Sie schien einen Moment darüber nachzudenken und stand dann so unvermittelt und energisch auf, dass ihr Stuhl hintenüberkippte, sodass die beiden Tiere und ich erschrocken zusammenzuckten.

„Wohin gehst du?", rief ich ihr hinterher, als sie zum Garderobenschrank im Foyer marschierte. Ohne sich umzudrehen, erklärte sie uns: „Wenn der Bürgermeister uns nicht die Wahrheit sagen will, müssen wir sie selbst herausfinden."

„Wie denn, sollen wir im Internet recherchieren?", fragte ich irritiert, während sie schon in ihre rosa Schneestiefel schlüpfte.

„Nein“, sagte sie und schüttelte den Kopf, „wir schauen uns bei ihm vor Ort um.“

O nein. Nicht schon wieder raus bei diesem arktischen Wetter.

„Ich komme nicht mit“, verkündete Octocat von einer der unteren Stufen der Treppe aus, offensichtlich im Begriff, sich nach oben zu verziehen.

Ich war aufgestanden, um meine warmen Sachen zu holen, und hielt inne, während ich meine Fäustlinge auf rechts stülpte. „Warum nicht? Du bist doch sonst immer dabei. Und du bist schließlich mein Partner.“

Er rümpfte die Nase. „Ja, aber dein Partner ist leider nicht frostfest.“

„Ach was, wir haben doch nur gut zehn Grad unter null. Und das ist kein Lauftraining, um fitter zu werden, sondern Teil unserer Ermittlungen. Komm schon.“

„Lass es mich anders ausdrücken“, er holte tief Luft, bevor er fortfuhr, „kalt und nass ist nicht mein Ding. Von mir aus kann die ganze Welt ein eiskaltes Bad nehmen, so fühlt es sich nämlich für mich an, aber ich mag keine Bäder. Und ich mag es auch nicht, wenn mein eigener Pelzmantel nicht ausreicht, um mich warm zu halten – von daher ... ohne mich!“

„Okay, dann eben nicht. Aber wehe, du

beschwerst dich nachher, wenn du was verpasst hast." Ich wandte mich von ihm ab und begann, mich für unseren spontanen Ausflug anzuziehen.

„Keine Sorge. Ich habe Besseres zu tun, als dich auf einem sinnlosen Schneespaziergang zu begleiten." Er gähnte demonstrativ.

Paisley stürmte hinauf zu Octocat und wedelte so heftig mit dem Schwanz, dass sie stolperte und eine Stufe hinunterkullerte. „Mami, ich darf doch mitkommen, oder?"

„Natürlich nehmen wir dich mit!", versicherte ich ihr.

„Moment, ich habe da etwas für uns vorbereitet", rief Grandma und griff nach einer Tüte auf der obersten Ablage des Kleiderschranks, aus der sie eine hellrosa Babybauchtrage aus Stoff hervorzog. „Es hat zwar das falsche Rosa, erfüllt aber hoffentlich seinen Zweck."

Misstrauisch beäugte ich das neue Teil. „Du willst doch nicht etwa ...?"

„Genau das! Komm her, meine Süße." Grandma schnalzte mit der Zunge und bückte sich, um sich den Chihuahua zu schnappen, der ihr direkt in die Arme lief. Dann zog sie die Riemen der Trage über ihre Arme, sodass diese an ihrem Oberkörper anlag.

In diesem Augenblick begriff Paisley, was sie

vorhatte, und versuchte verzweifelt, sich aus Grandmas Griff zu befreien. „Nein, nein, nein! Ich will nicht in den Sack!", kläffte sie.

„Halt einfach einen Moment still, Schätzchen", befahl ihr meine Großmutter und bemühte sich, die kleine Hündin in die Trage zu bugsieren. Paisley wimmerte und zappelte jedoch weiter.

„Angie, kannst du ihr bitte sagen, dass sie mit dem Gezeter aufhören soll? Das würde die Sache deutlich vereinfachen."

„Süße, du musst ...", begann ich, aber Grandma unterbrach mich mit einem triumphierenden „Aha!"

Jetzt steckte die arme kleine Maus festgeschnallt in der Trage. Nur ihr Gesichtchen und ihre großen Ohren guckten oben heraus. Grandma drehte sich zu mir um und stellte sich in Pose. „Und, wie findest du es?"

Octocat lachte herzhaft. „Ha-ha, du Baby, das sieht lächerlich aus!", krakeelte er, während Paisley jammerte.

„Sie scheint nicht wirklich begeistert zu sein", sagte ich mitleidig.

„Bestimmt gewöhnt sie sich schnell daran. So bleibt sie zumindest warm, wenn wir unterwegs sind. Die Trage ist eigentlich speziell für Welpen gedacht.

Übrigens, du musst fahren. Wir können aber mein Auto nehmen.“

„Okay“, erwiderte ich und folgte ihr nach draußen. Ich sparte mir die Mühe, ihre Anweisungen infrage zu stellen. Und wenigstens war diese Aktion nicht mit körperlicher Anstrengung verbunden. Hoffte ich jedenfalls …

7

Mark Dennison wohnte in einem erstaunlich bescheidenen Haus am Rande der Stadt, sodass sich meine Hoffnung auf irgendwelche geschwätzigen Hausangestellten, die man befragen könnte, schnell in Luft auflöste. Als Bürgermeister einer Kleinstadt verdiente man sich eben keine goldene Nase.

Wir wussten, dass Dennison allein lebte, und er schien nicht zu Hause zu sein. Doch woher hatte meine Großmutter seine Adresse?

„Meinst du, wir kommen da irgendwie rein?", fragte sie jetzt und kramte in ihren Taschen nach wer weiß was. Paisley in ihrer Trage seufzte lautstark. Zugegeben, sie sah absolut niedlich in diesem Ding aus.

„Ich möchte für unsere Recherchen keinen Einbruch begehen", sagte ich. Mein Atem stieg in eisigen Wölkchen über uns auf.

„Meine Güte, hab dich doch nicht so", raunte Grandma und legte sich die Hand auf die Brust, oder besser gesagt auf Paisley. „Du musst mir ja nicht helfen, aber ich schaue mich jetzt da drinnen um."

Ich stöhnte auf. Ja klar, was sonst? Paisley fiepte und zitterte inzwischen heftig, doch meine Großmutter schien es nicht zu bemerken, was mich überraschte.

„Alles okay bei dir?", fragte ich die Hündin.

„Mi-mi-mir ist so-so ka-ka-kalt", stotterte sie leise.

„Grandma", rief ich, als sie zielstrebig auf die Haustür zuging. „Grandma, wir müssen Paisley zurück in den Wagen bringen und ihr die Standheizung einschalten."

„Nei-nei-nein", jammerte Paisley, in deren Gesicht sich schon kleine Eiskristalle gebildet hatten. „Ich wi-wi-will he-he-helfen."

„Ich lasse nicht zu, dass du dir den Tod holst", erwiderte ich, ob sie es nun hören wollte oder nicht. „Komm, ich bringe dich zurück ins Auto."

„Warte mal kurz", murmelte Grandma. „Wir sind gleich drin ..." Sie biss sich auf die Lippe, während sie an dem Schloss herumfummelte.

„Ich hab's!" Triumphierend stieß sie die Tür auf und gab mir ein Zeichen, ihr zu folgen.

Verdammt, das gefiel mir gar nicht. So schlimm es auch war, sich unerlaubt Zutritt zu verschaffen ... noch schlimmer wäre es, sie da drinnen allein herumstöbern zu lassen.

„Fünf Minuten", zischte ich, „dann sind wir hier definitiv wieder raus."

„Manchmal bist du echt eine Spielverderberin."

Ich ignorierte diese Bemerkung und ließ den Blick umherschweifen, auf der Suche nach hilfreichen Hinweisen. Das Haus war offen und übersichtlich gestaltet.

„Lass nach seinem Homeoffice Ausschau halten", schlug Grandma vor, die bereits weiter hineingeschlichen war.

„Hallo?", ertönte es plötzlich aus dem oberen Stockwerk. Die tiefe Männerstimme ließ mir das Blut in den Adern gefrieren, trotz der angenehmen Wärme im Haus.

Der Bürgermeister stand in einem schicken Markenschlafanzug am oberen Ende der Treppe und starrte uns konsterniert an. „Oh, Mark, hi", stotterte ich, wobei ich meinen erschrockenen Blick nicht von ihm abwenden konnte. Mist, wie sollten wir das jetzt bloß erklären?

Es hatte mir die Sprache verschlagen. Zum Glück war Grandma wie immer auf Zack und flötete: „Haben Sie uns denn nicht klopfen hören?" Sie stemmte die Hände in die Hüften. Der Bürgermeister wandte sich ihr zu. „Nein, ich war ..."

„Dann sollten Sie wenigstens Ihre Haustür abschließen. Also wirklich, hier kann ja jeder hereinspazieren."

Er fuhr sich mit der Hand durch die Haare und schüttelte dann seufzend den Kopf. „Oh, Sie haben recht, das habe ich wohl vergessen."

Für einen Moment standen wir alle peinlich berührt da und sahen uns schweigend an. Schließlich ergriff Mark das Wort: „Kann ich Ihnen, äh, irgendwie behilflich sein?"

„Wir würden gerne, wir würden gerne noch ein wenig mit Ihnen über ... über den Fall sprechen", erklärte ich ihm holprig. „Wir haben noch nicht viele Informationen und dachten uns ..."

„Ich habe Ihnen bereits alles gesagt, was ich weiß", unterbrach mich Dennison mit finsterem Blick. „Mehr Hinweise kann ich Ihnen nicht geben. Deshalb habe ich Sie ja beauftragt, eben damit Sie alles herausfinden. Wollen Sie etwa andeuten, dass Sie dieser Aufgabe nicht gewachsen sind?"

Da lachte Grandma auf. „Keine Sorge, das kriegen

wir schon hin. Mit Pet Whisperer P. I. ist Ihr Fall so gut wie gelöst."

Pet Whisperer P. I. – die Tierflüsterer-Privatdetektivin. Eigentlich mochte ich diesen Namen nicht, den mir ursprünglich meine Mutter verpasst hatte, doch nun hatten sie und Grandma dafür gesorgt, dass ich ihn nie wieder loswerde.

Er richtete sich kerzengerade auf und kam jetzt endlich die Treppe zu uns herunter. „Genau das wollte ich hören."

„Da wir schon mal hier sind", schaltete ich mich ein, bevor der Bürgermeister uns aus der Tür schieben konnte. „Würden Sie uns kurz herumführen, damit wir uns ein besseres Bild von Marco und seinem Umfeld machen können? Es ist immer hilfreich, sich in das Opfer so gut wie möglich hineinzuversetzen zu können."

„Ja, das würde uns wirklich sehr helfen", pflichtete Grandma mir energisch nickend bei.

Paisley stimmte mir mit einem Bellen zu. Dabei vibrierte ihre Trage, weil sie vermutlich mit dem Schwanz zu wedeln versuchte.

„Ja gut, okay." Mark schüttelte den Kopf, fuhr sich noch einmal mit der Hand durch die Haare und bedeutete uns dann mit einem Wink, ihm zu folgen.

Sodann beschrieb er uns ausführlich, wie der Tagesablauf des vermissten Golden Retrievers aussah, was er wann fraß, wo er gerne schlief, wo er am liebsten in den Garten pinkelte und noch so manch andere Details.

„Wie Sie sehen", sagte er am Ende unserer Führung durchs Haus, „ist Marco hier gut versorgt, trotz meines vollen Terminkalenders. Er ist mein Ein und Alles, also bitte finden Sie ihn und bringen Sie ihn mir heil zurück – so schnell es geht."

„Das werden wir", versicherte Grandma ihm.

Ich persönlich wollte ihm lieber nicht zu viel versprechen. „Wir werden unser Möglichstes tun", sagte ich, als wir uns zum Abschied die Hand gaben.

Für Paisley standen andere Dinge im Vordergrund. „Marco hat einen guten Riecher", flüsterte sie anerkennend auf dem Weg nach draußen. „Wenn ich hier wohnen würde, würde ich auch immer da vorne pinkeln gehen."

Ich warf einen Blick auf den Bereich an der Seite des Hauses, auf den der Bürgermeister während unseres Rundgangs hingewiesen hatte. Der Schnee war jedoch zu frisch und zu tief, um irgendwelche Spuren preiszugeben.

Aber wenigstens hatte unser verschleppter Hund

einen guten Geschmack, was die Auswahl seiner Pinkelstellen betraf. Was unseren Fall betraf, so hatten wir jedoch immer noch keinen vernünftigen Anhaltspunkt. Leider.

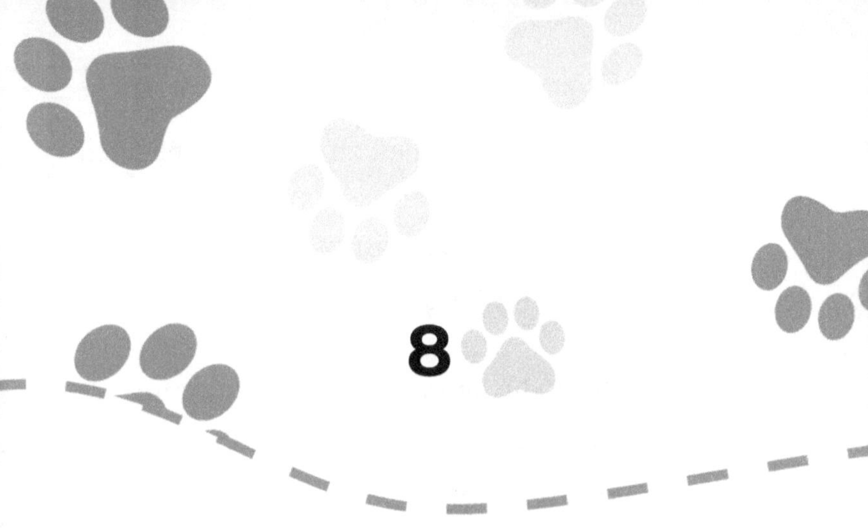

8

„Wow, dieser Mensch liebt seinen Hund wirklich", stellte Paisley auf der Heimfahrt fest. Ich hatte sie sofort aus der Trage geholt, als Grandma mir diese gereicht und sich hinter das Steuer gesetzt hatte. Erleichtert über ihre Befreiung, hatte mir die Kleine daraufhin mehrere Dutzend Hundeküsse gegeben.

Nachdem sie ihren Dank zum Ausdruck gebracht hatte, widmete sich Paisley wieder unseren Ermittlungen. „Ich bin so traurig, dass die beiden getrennt worden sind. Wir werden ihm Marco bald zurückbringen. Nicht wahr, Mami?"

Ich küsste den kleinen weißen Fleck auf ihrer Stirn. „Ja, das werden wir." Sie wedelte mit dem

Schwanz und öffnete ihr Maul zu einem hechelnden Grinsen.

Als wir in unsere Ausfahrt einbogen, seufzte Grandma. „Also, das hat ja wirklich rein gar nichts gebracht."

„Was hattest du denn erwartet? Immerhin ist er unser Klient, nicht unser Verdächtiger. Dennoch stimme ich Octocat zu, dass er offenbar etwas verheimlicht. Und ich denke, Paisley hat auch recht damit, dass er diesen Hund sehr liebt."

„So sehr, dass er uns nicht alle Informationen geben will, die wir brauchen, um Marco zurückzubekommen?", entgegnete Grandma kopfschüttelnd. „Das glaube ich nicht."

„Was auch immer er verschweigt, wir wissen ja nicht, ob es etwas mit der Entführung zu tun hat", sagte ich, während das Auto über die vereiste Auffahrt holperte.

Nachdem Grandma geparkt hatte, flitzten wir so schnell wir konnten ins Haus. Octocat thronte mitten auf dem Couchtisch. Er schien uns bereits zu erwarten.

„Und?", fragte er mit einer hochgezogenen Augenbraue. „Seid ihr erfolgreich in sein Haus eingebrochen?"

Ich starrte ihn ungläubig an. „Wer sagt, dass wir eingebrochen sind?"

„Angela, ich bitte dich. Ich kenne doch Grandma. Und dir blieb dann nichts anderes übrig, als mitzumachen." Er lachte vergnügt in sich hinein.

Treffer, versenkt.

„Also?" Er hob die andere Augenbraue. „Wie ist es gelaufen?"

„Oh, da gibt es nicht viel zu erzählen. Dennison war leider zu Hause, und dann hat er uns ewig herumgeführt und uns Marcos normalen Tagesablauf geschildert – in allen Einzelheiten."

„Ach du Schreck. Bin ich froh, dass ich das verpasst habe." Mein Kater zuckte am ganzen Körper und schüttelte dabei einige lose Haare ab. Fasziniert sah ich zu, wie sie in einem Sonnenstrahl tanzten, der durchs Fenster fiel.

„Wir stehen immer noch am Anfang", murmelte Grandma, „aber das wird sich jetzt ändern."

Sie schälte sich aus ihren Winterklamotten und wühlte dann erneut im Schrank. Manchmal kam mir unser Garderobenschrank wie die wundersame Tasche von Mary Poppins vor. Unglaublich, wie viele Dinge sie daraus hervorzog, noch dazu schien es immer genau das zu sein, was sie gerade brauchte. Diesmal waren es ein Block mit Flipchartpapier, Filzstifte, Haftnotizzettel und ein Päckchen mit kleinen Aufklebern in Form einer Lupe.

Sie lud alles auf dem Wohnzimmertisch ab, und Octocat musste hastig beiseitespringen, um nicht unter den herabfallenden Schreibutensilien begraben zu werden. „Ey, pass gefälligst auf, Omi!"

Ich warf ihm einen vernichtenden Blick zu und konzentrierte mich dann wieder auf Großmutter. Im Gegensatz zu meinem mürrischen Kater hatte sie wenigstens einen Plan – und keinen schlechten wohlgemerkt.

Sie legte sich ihr gesamtes Material ordentlich zurecht und machte sich an die Arbeit. Mit einem dunkelgrünen Stift unterteilte sie einen großen Papierbogen in drei gleichmäßige Spalten und ergänzte deren Überschriften in Schwarz: Menschen, Orte und Ereignisse. Dann nahm sie die Lupenaufkleber, mit denen sie Aufzählungspunkte erstellte, drei in jeder Spalte.

„Wir beginnen mit jeweils drei Punkten, aber ich habe natürlich genug Aufkleber, um so viele Ideen wie möglich zu sammeln. Also, womit fangen wir an? Mit einer Person vielleicht?" Grandma schaute mich erwartungsvoll an und zückte einen blauen Filzmarker.

Als Octocat damals verschwunden war, hatte sie

ein ähnliches Brainstorming mit uns veranstaltet, insofern wusste ich genau, worauf es ihr ankam.

„Fangen wir doch mal mit seinem ärgsten Kontrahenten an", schlug ich vor. „Der, den er bei der Wahl ganz knapp geschlagen hat. Der ist bestimmt nicht gut auf ihn zu sprechen."

Grandma nickte und schrieb dessen Namen auf. „Mir fällt als Nächstes Brenda Eaves ein. Sie war bei der Demonstration zu Dennisons Amtseinführung ganz vorne mit dabei. Und wenn wir es geschickt anstellen, kann sie uns bestimmt auch die Namen der anderen Protestler nennen."

Octocat sah schweigend zu, während Paisley auf meinem Schoß schlummerte und im Traum offenbar schon das nächste Abenteuer erlebte, denn sie gab leise Wuff- und Bellgeräusche von sich.

„Wie wäre es mit ...?" Ich wollte gerade eine weitere Person vorschlagen, die wir unter die Lupe nehmen sollten, als ein lautes, anhaltendes Klopfen meine Aufmerksamkeit auf das Fenster lenkte.

Octocat erkannte den Störenfried als Erster und jagte mir einen Schrecken ein, weil er auf einmal einen Buckel machte und fauchte. Knurren und fauchen gehörte bei ihm zwar zum Standardprogramm, aber selten ging er dabei in den vollen Verteidigungsmodus, mit dem er an Halloween sicher Eindruck schinden könnte.

Ich folgte seinem Blick und entdeckte unseren Hinterhofmitbewohner, der mich schelmisch angrinste. „Pringle! Was machst du denn hier?"

Der Waschbär legte eine seiner handähnlichen Vorderpfoten trichterförmig an sein Ohr und schüttelte den Kopf. Seine Mimik wirkte manchmal so was von menschlich, und das wurde immer auffälliger, je mehr er sich seiner Sucht nach Reality-Shows im Fernsehen hingab.

„Ich weiß, dass du mich hören kannst!", rief ich noch lauter.

Er schüttelte vehement den Kopf.

„Na schön!" Mit erhobenen Händen gab ich mich geschlagen und öffnete ihm die Tür. In dem Moment, als ich sie aufstieß, sauste das dicke, graue Fellbündel auch schon hinein.

Unsere wichtigste Regel in Bezug auf Pringle war, dass er nicht ins Haus durfte, denn er hatte in der Vergangenheit einfach zu viel kaputtgemacht und mitgehen lassen.

„Du hast mich hereingebeten!", rief er mir mit einem kurzen Blick über die Schulter zu. „Das kannst du jetzt nicht mehr zurücknehmen!"

„Nein!", schrie Octocat aufgebracht, „er frisst mir meine köstlichen Crunchies weg!"

Ich sprintete in die Küche, aber der Waschbär hatte bereits die ganze Schale Gourmet-Häppchen verschlungen. Normalerweise mochte Octocat kein Trockenfutter, doch als seine geliebte Katzenfreundin Grizabella kürzlich zum Werbemodell für ‚Delicious Delights' avanciert war, hatte er die schwierige Entscheidung getroffen, seine Loyalität gegenüber dem Nassfutter von ‚Fancy Feast' zugunsten der neuen Marke aufzugeben.

Er taumelte in die Küche, täuschte eine Ohnmacht vor und ließ sich dramatisch auf die Seite fallen. Da sein Schwanz noch immer irritiert zuckte, zweifelte ich jedoch nicht daran, dass er weiter bei Bewusstsein war.

Dennoch musste ich ihm recht geben: Was Pringle hier gerade abzog, war schlichtweg dreist.

„Ich habe dich nicht hereingebeten", zischte ich in Richtung des frechen Viechs.

„Du hast die Tür geöffnet. Ist doch das Gleiche, oder?" Er sprang auf den Küchentresen und bediente sich an den frisch gebackenen Muffins, dann stellte er sich auf die Hinterbeine und grinste mich schamlos an.

„Was habe ich verpasst?", fragte er, nahm einen

großen Bissen und kaute mit offenem Mund. „Haben wir einen neuen Fall?"

„Das ist nicht dein Fall!", kläffte Paisley, die auf uns zu gerast kam, wobei sie auf den Fliesen ins Rutschen geriet. Dann sprang sie am Tresen hoch und versuchte verzweifelt, zu dem Waschbären zu gelangen, was ihr natürlich nicht gelang, aber den Mut der winzigen Hündin fand ich bewundernswert.

Ratlos stand ich da und sah zu, wie die Tiere den Aufstand probten. Paisley bellte wie verrückt. Octocat täuschte erneut eine Ohnmacht vor und sackte dramatisch in sich zusammen. Pringle beobachtete die beiden und lachte höhnisch, während er einen weiteren Muffin in sich hineinstopfte.

„Hört auf mit dem Zirkus und kommt wieder rein!", rief Grandma zu uns herüber.

Rasch nahm ich eine Schmerztablette gegen die dröhnenden Kopfschmerzen, die eben bei mir eingesetzt hatten, und begab mich zurück in unsere Schaltzentrale, die gerade so gar nicht an unser gemütliches Wohnzimmer erinnerte. Die Tiere folgten mir sogar alle, und Grandma verlor keine Zeit, mit dem Brainstorming fortzufahren.

„Jetzt müssen wir natürlich so bald wie möglich noch einmal zum Haus des Bürgermeisters zurück."

Sie hielt inne und schrieb sich das auf. „Welche anderen Orte sollten wir unbedingt überprüfen?"

„Oh, das kann ich euch sagen!" Pringles Hand schoss hoch in die Luft, als würde er sich in der Schule melden. „Bitte! Darf ich? Ich weiß es!"

Ich konnte ein genervtes Stöhnen kaum unterdrücken, und mich beschlich eine böse Vorahnung, dass dies ein sehr langer und anstrengender Nachmittag werden würde.

9

Als Pringle durch den Raum schritt und Grandma den Stift aus der Hand nahm, musste ich mich echt am Riemen reißen, um nicht laut aufzulachen, auch wenn mir seine Sperenzchen auf die Nerven gingen.

„Ich übernehme jetzt", sagte er und begann, die letzte Spalte von Grandmas perfekter Mindmap zu bekritzeln und damit komplett zu ruinieren. Fast eine Minute lang krakelte er hastig vor sich hin, dann entfernte er sich von dem Flipchart und steckte mit einem selbstzufriedenen Grinsen die Kappe wieder auf den Stift. „So. Das hätten wir."

Ich studierte seine Notizen genau, aber es gelang mir nicht, irgendetwas davon zu entziffern. Wir hatten vor einiger Zeit erfahren, dass Pringle lesen konnte, nachdem er einen wichtigen Brief gestohlen hatte, der ein lang gehütetes Familiengeheimnis enthüllte und unsere Welt auf den Kopf stellte. Mit seinen Schreibkenntnissen war es jedoch anscheinend nicht weit her. Seine Handschrift wirkte mehr wie Hieroglyphen und nicht wie Buchstaben des Alphabets.

„Ähm, was soll das denn heißen?", fragte ich ihn schließlich.

Er schnaubte, dann strich er das Ganze durch. „Wenn du schon so anfängst, brauchst du meine Hilfe wohl nicht."

Octocat knurrte und stürzte sich auf den unhöflichen Waschbären. „Niemand redet so mit meinem Menschen – niemand außer mir!"

„Ich schon, Kleiner, denn du bist jetzt abgemeldet. Finde dich damit ab", geiferte Pringle zurück, stemmte seine Pfoten in die Hüften und lachte hämisch über den wütenden Kater.

Paisley bellte und lief in großen Kreisen um die Kampfhähne herum, die vermutlich gleich aufeinander losgehen würden.

„Stopp! Hört auf damit!", brüllte ich, aber sie ignorierten mich. Mein Kater ließ seine Krallen aufblitzen und legte die Ohren flach an den Kopf. Der Waschbär pirschte sich auf allen Vieren langsam an ihn heran, bis er nur noch wenige Zentimeter von ihm entfernt war, dann richtete er sich ebenfalls auf.

Ich hielt den Atem an, und alles schien wie in Zeitlupe abzulaufen. Die beiden starrten einander regungslos an und warteten anscheinend beide darauf, dass der andere zuerst angriff. Octocat hob ganz langsam eine Pfote ... und dann schlug er Pringle blitzschnell mitten ins Gesicht.

„Du Mistkerl!", rief der Waschbär und donnerte Octocat beide Fäuste gleichzeitig gegen die Brust. Das ließ dieser sich nicht gefallen und versetzte seinem Gegner abermals einen kräftigen Pfotenhieb, woraufhin Pringle in rasanter Geschwindigkeit versuchte, weitere kleine Treffer zu landen.

Ich wusste nicht, was ich tun sollte. Einerseits hätte ich mir gerne mein Handy geschnappt und das tierische Gefecht auf Video aufgenommen – das wäre auf YouTube und Co. bestimmt viral gegangen – andererseits hatte ich Angst, dass Octocat den Kürzeren ziehen und sich eine ordentliche Packung einhandeln könnte. Das durfte ich nicht zulassen, zumal der Streit zwischen den beiden damit begonnen hatte, dass er mich verteidigen wollte.

Und dann schlug Paisley plötzlich einen Haken, verließ ihre Kreisbahn und schoss mit Anlauf direkt auf die Raufbolde zu.

„Mami hat gesagt, ihr sollt aufhören!", bellte sie.

„Ach, ja? Du hast doch nicht wirklich das Hündchen vorgeschickt?" Pringle warf mir einen erbosten Blick zu. „Ich bin in meinem ganzen Leben noch nie so gekränkt worden. Ich haue ab."

Er stolzierte hinaus ins Foyer und trug die Nase dabei so hoch erhoben, dass er mangels Sicht fast gegen die Wand geprallt wäre. Der Schock darüber ließ ihn innehalten.

Ich sah verblüfft zu, wie Pringle ein paar Mal tief Luft holte und auf allen Vieren ins Wohnzimmer zurückgeprescht kam. „Die hier nehme ich mit", verkündete er, bevor er kurzerhand eine Handvoll Stifte und den Flipchartbogen mit der Übersicht zusammenraffte und beleidigt hinausstürmte. Sein Abgang war jedoch weniger dramatisch, da er mit den Sachen im Arm kaum mehr durch die Katzenklappe passte. Erst nach einigen ungelenken Manövern gelang es ihm, sich durch die kleine Öffnung zu quetschen.

„Na toll. Das ist ja großartig", schimpfte Grandma. „Jetzt müssen wir wieder von vorne anfangen."

„Lass uns erst einmal ein Päuschen einlegen und einen Happen essen", schlug ich vor. Ich konnte immer noch nicht glauben, dass unser

Brainstorming so krass aus dem Ruder gelaufen war.

„Mir geht es übrigens gut", informierte Octocat mich mit einem Schniefen. „Du könntest wenigstens ein bisschen Anteil nehmen, wenn ich schon für dich den Rächer der Erbsen spiele."

Ich schüttelte fragend den Kopf. „Den was?"

Der Kater seufzte und warf mir einen missbilligenden Blick zu. „Den Rächer. Du weißt schon, deinen Helden, deinen Retter?"

„Den Rächer der Enterbten, meinst du?"

„Meinetwegen. Ihr Menschen drückt euch manchmal sehr merkwürdig aus."

Puh, auf diese Diskussion hatte ich jetzt wirklich keine Lust, deshalb wechselte ich schnell das Thema: „Ich mache Sandwiches", verkündete ich und huschte in die Küche.

„Für mich mit Putenbrust, bitte", rief Grandma mir hinterher.

„Zweimal!", fügte Octocat hinzu und folgte mir in die Küche.

„Dreimal!", krähte Paisley, die aber bei Grandma sitzen blieb.

Als ich mit dem Sandwich-Tablett zurückkam, starrten die beiden gebannt auf den Fernseher, wo gerade ein Bericht des lokalen Nachrichtensenders lief. Meine Mutter, die seit vielen Jahren als Moderatorin dort arbeitete, kam ins Bild. Sie sah reizend aus in ihrer lavendelfarbenen Bluse und dem dunklen Bleistiftrock. Bürgermeister Mark Dennison saß ihr im Interviewraum des Studios gegenüber. Der Ticker am unteren Bildrand verriet: Entführt! Der Golden Retriever des neuen Bürgermeisters ist in Gefahr!

„Ich kann einfach nicht glauben, dass jemand seine politische Frustration an meinem Marco auslässt. Er ist so ein toller Hund, und das hat er einfach nicht verdient." Dann schaute er direkt in die Kamera, mit Tränen in den Augen. „Bitte, wenn Sie meinen Marco entführt haben, bringen Sie ihn mir bitte zurück. Ich werde alles tun, was sie wollen."

„Ja, nur nicht zurücktreten", frotzelte Grandma.

Da war etwas dran, und mir wurde in diesem Moment noch mehr bewusst, dass ich unseren Klienten nicht besonders mochte. Das war aber auch so ziemlich das Einzige, was ich in Bezug auf unseren Fall bisher mit Sicherheit wusste.

Warum gab er ausgerechnet jetzt ein öffentliches Interview? Glaubte er wirklich, die Entführer auf diese Weise erreichen zu können? Aus irgendeinem Grund hatte ich plötzlich ein mulmiges Gefühl.

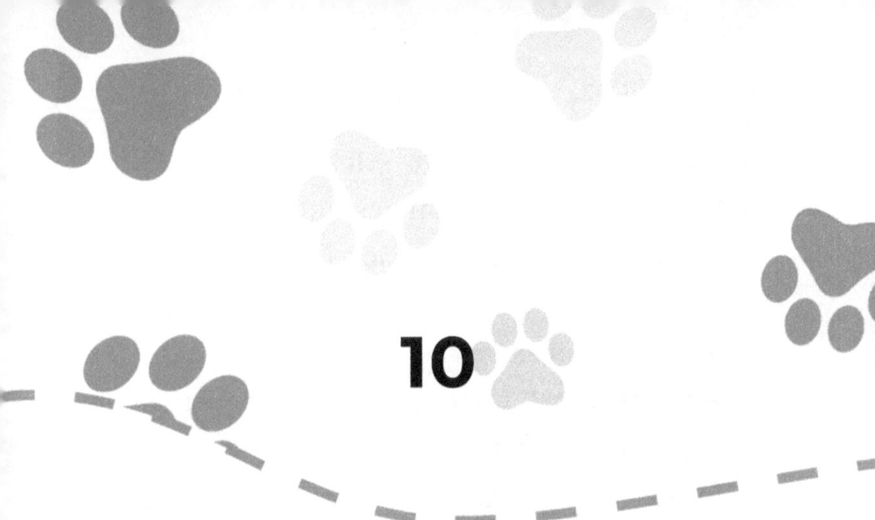

10

Nach dem Interview schaltete Grandma den Fernseher aus und schlenderte in Richtung Garderobenschrank. Offenbar plante sie eine weitere Polarexpedition. Das wäre dann die dritte heute. Grundsätzlich bin ich ja für vieles zu haben, aber nicht bei Temperaturen unter minus fünfzehn Grad. Brrr.

Paisley tänzelte hinter mir her, als ich meiner Großmutter ins Foyer folgte. „Wohin jetzt?", stöhnte ich.

„In die Bibliothek!", verkündete sie mit erhobenem Zeigefinger und deutete dramatisch zur Decke. Neugierig richtete ich den Blick nach oben.

„Nein, nicht in unsere. In die Stadtbibliothek." Sie

schlang sich einen bunten, selbstgestrickten Schal um den Hals und knöpfte ihren Mantel zu.

„Tut mir leid, Süße", sagte ich zu der übereifrigen Chihuahua-Hündin zu meinen Füßen. „Diesmal musst du hierbleiben."

„Was? Warum?", jammerte sie und zog ihren Schwanz ein. „Ich will aber mitkommen, Mami."

„In der Bibliothek sind Tiere nicht erlaubt", erklärte ich ihr und zuckte entschuldigend mit den Achseln. „Außerdem würdest du dich dort bestimmt langweilen."

„Ach, Quatsch", murmelte Grandma, aber zum Glück hatte Paisley es nicht mitgekriegt.

„Ich bleibe hier", verkündete Octocat einen Moment später.

„Gut, du hast nämlich auch keinen Zutritt."

„Was? Nein, ich komme mit", protestierte er.

Hm. Kein schlechter Trick, den Spieß einfach umzudrehen. Ich würde das demnächst mal bei ihm ausprobieren. Aber bei diesem Vorhaben konnte er uns wirklich nicht begleiten.

„Tut mir leid", sagte ich, obwohl sich mein Mitleid in Grenzen hielt. „So sind halt die Regeln dort."

„Komm, lass uns los", sagte ich zu Grandma, und wir flitzten hinaus zum Auto, bevor unsere beiden

Vierbeiner quengelnd hinter uns herrennen konnten.

„Was hoffst du, dort zu finden?" Ich war schon immer ein großer Fan der Stadtbibliothek von Glendale gewesen, weshalb ich mich auf diesen Trip jetzt doch ein wenig freute.

Grandma schüttelte den Kopf. „Nicht ich, du."

„Okay", erwiderte ich gedehnt und sah sie erwartungsvoll an. „Was hoffst du, das ich dort finde?"

„Du wirst die alten Ausgaben aller Zeitungen der Gegend durchforsten, um etwas über die Vergangenheit des Bürgermeisters in Erfahrung zu bringen." Sie warf einen Blick in den Rückspiegel, überprüfte ihre Frisur und trug einen hellrosa Lippenstift auf.

Ich widerstand dem Drang, es ihr gleich zu tun. Das war jetzt wirklich nicht so wichtig. „Und was wirst du in der Zeit machen?"

„Ich werde in den sozialen Medien herumstöbern. Mal schauen, was ich über sein Privatleben in den letzten Jahren herausfinden kann", erklärte meine Großmutter grinsend. Natürlich hatte sie sich die interessantere Aufgabe vorbehalten.

„Denk an unsere Hauptpunkte", sagte sie, nachdem sie vor dem großen Backsteingebäude geparkt hatte. Nur eine Handvoll anderer Autos stand dort – kein Wunder, bei dem Wetter. Eines davon, ein alter Lieferwagen, kam mir bekannt vor, aber ich konnte ihn nicht genau zuordnen.

„Hm?" Grübelnd wandte ich mich wieder meiner Großmutter zu.

„Denk an unsere Hauptpunkte", wiederholte sie seufzend, „Menschen, Orte, Ereignisse. Notier dir alles, was dir auffällt, und wenn wir nachher wieder zu Hause sind, wiederholen wir unser Brainstorming und tragen es in die Übersicht ein."

„Alles klar", sagte ich und nickte kurz.

Keiner unserer bisherigen Fälle hatte uns jemals zuvor hierhergeführt, aber auch bei keinem hatten wir es mit jemandem zu tun, der so in der Öffentlichkeit stand wie Bürgermeister Mark Dennison.

Wir hatten zwar einmal einen Mord an einer Senatorin aufgeklärt, jedoch waren die Umstände bei diesem Verbrechen völlig anders gewesen. Damals hatten sich die Hinweise im Laufe unserer Ermittlungen fast wie von selbst ergeben, sodass es gar nicht erst nötig war, die Hintergründe genau zu recherchieren.

Nachdem wir die Glastüren am Eingang zur Bibliothek passiert hatten, steuerte Grandma sofort den Bereich mit den Computerarbeitsplätzen an. Da ich nicht recht wusste, wo ich mit meiner Aufgabe beginnen sollte, wandte ich mich an die Bibliothekarin, die am Hauptschalter Bücher einscannte. Sie war noch jung, wahrscheinlich eine neue Mitarbeiterin, da ich sie noch nie zuvor gesehen hatte, weder hier noch sonst wo.

„Hallo. Kann ich Ihnen helfen?", fragte sie mit einem kurzen Nicken.

„Ich möchte etwas im Archiv recherchieren, in älteren Zeitungsausgaben hier aus Region. Haben Sie die, ähm, auf Mikrofiche oder wie geht das?"

Ihre Augen weiteten sich, und sie musterte mich skeptisch. „Von wann sollen diese Zeitungen denn sein?" Gute Frage. Wie weit sollte ich zurückgehen, um aufzudecken, welche Leichen der Bürgermeister im Keller hatte? In Anbetracht der Tatsache, dass er noch recht jung war, würden möglicherweise ein paar Jahre genügen.

„Die letzten fünf Jahre vielleicht?", antwortete ich schließlich.

Die Dame kicherte, stand auf und gab mir ein Zeichen, ihr zu folgen. „Dafür brauchen Sie keinen Mikrofiche. Heutzutage ist alles digitalisiert. Kommen Sie, ich zeige Ihnen das Archiv."

Sie führte mich in denselben Computerbereich, wo Grandma bereits in ihre Nachforschungen vertieft war, und klickte auf ein Symbol am unteren Bildschirmrand, das mir bisher nie aufgefallen war.

„Hier können Sie die digitalen Sammlungen öffnen", erklärte sie. „Das ist die Startseite für unser Archiv. Im Vergleich zu den schicken Großstadtbibliotheken, wie etwa in Portland, ist es recht überschaubar, aber für eine kleine Stadt wie Glendale doch ziemlich beeindruckend."

„Vielen Dank." Ich überflog die Liste der Zeitungen, während sie mir über die Schulter schaute. In Archiven hatte ich schon in meiner Studienzeit öfter recherchiert, aber zu deutlich allgemeineren Themen, nicht zu etwas so Speziellem. Ich wusste ja noch nicht einmal, wonach ich überhaupt suchte.

Die junge Mitarbeiterin tätschelte mir die Schulter und lächelte. „Ich bin jetzt wieder vorne an meinem Platz. Wenn Sie Hilfe brauchen, melden Sie sich." Mit diesen Worten entfernte sie sich, und ich könnte schwören, dass sie dabei leise in sich hinein kicherte.

Ich überflog die Schlagzeilen, beginnend mit denen von dieser Woche, und arbeitete mich dann chronologisch rückwärts durch die Artikel. Es bestätigte sich, was der Bürgermeister uns erzählt hatte: Seine Gegner kritisierten vor allem, dass er relativ wenig Erfahrung mitbrachte, Junggeselle war und die Wahl nur sehr knapp gewonnen hatte.

Ich fand mehrere Leserbriefe, in denen genau

diese Dinge an den Pranger gestellt wurden. Ich notierte mir die Namen der Verfasser, sofern vorhanden, und das Datum, an dem die Kommentare veröffentlicht wurden, sodass ich rasch eine umfangreiche Liste zusammen hatte, die ich bei unserem Team-Brainstorming durchgehen wollte.

„Irgendetwas Delikates gefunden?", flüsterte Grandma. Sie stand mir gegenüber auf der anderen Seite der Tischreihe und beobachtete mich zwischen zwei Monitoren hindurch.

„Nicht viel", gab ich zu.

„Dann komm mal flugs hier rüber. Du wirst nicht glauben, was ich gerade entdeckt habe."

11

ch schaltete den Bildschirm meines Computers aus und umrundete die lange Reihe von Tischen, um Grandma über die Schulter zu schauen. Sie hatte verschiedene Browserfenster geöffnet, zuvorderst das persönliche Facebook-Profil von Mark Dennison.

„Seit wann bist du denn mit ihm befreundet?", fragte ich erstaunt.

„Seit etwa zwanzig Minuten", antwortete sie mit einem verschmitzten Lächeln und deutete auf die Statusanzeige am unteren Ende des Feeds.

Sie hatte wirklich schnell und effektiv gearbeitet, das musste ich ihr lassen.

„Sie mal hier", fuhr sie fort. „Dieser Beitrag ist schon ein paar Jahre alt. Der gute Mark hat ihn verfasst, etwa sechs Monate, bevor er Marco adoptierte."

Ich beugte mich noch weiter vor und las:

Sollten wir diesen Kandidaten wirklich wählen, nur weil seine Frau an Krebs erkrankt ist? Natürlich ist das tragisch, aber das ändert nichts an seiner Politik. Wählen Sie mit Logik. Nicht aus Mitleid.

„Na, das ist ja eine reizende Einstellung", merkte ich an.

„Du sagst es." Grandma scrollte zurück an den Anfang der Seite. „Es gibt noch ein paar andere Posts, in denen er das aktuelle politische Geschehen in ähnlicher Weise kommentiert, und dann – bumm! – taucht Welpe Marco auf, und ab dann hat er kein anderes Thema mehr in seinem Feed."

Ich kniff die Augen zusammen. „Und was bedeutet das deiner Meinung nach für unseren Fall?", fragte ich sie. Der Zusammenhang war mir noch nicht ganz klar, auch wenn ich ein gewisses Bauchgefühl hatte.

„Wenn du wirklich unbeliebt wärst, was würdest du tun, um andere für dich zu gewinnen?", fragte Grandma und kicherte leise. „Diese Frage kann ich persönlich natürlich nicht beantworten, da mich schon immer alle gemocht haben."

Ich verdrehte die Augen. Manchmal klang sie für

meinen Geschmack zu sehr nach Octocat. „Okay, also was denkst du über Dennison?"

„Ich finde, es ist offensichtlich, dass eine Taktik dahintersteckt, die er ganz bewusst anwendet. Sieh mal hier, er bezeichnet das neue Hündchen wieder und wieder als seine Familie. Und war das nicht gerade immer einer der Hauptkritikpunkte an ihm, seitdem er sich für ein öffentliches Amt beworben hat? Zuerst war er meines Wissens bei der lokalen Schulbehörde. Da kommt man relativ leicht rein, weil es eine ganze Reihe Stellen gibt."

Also, wenn das stimmte ... Ich hasste die Vorstellung, dass dieser arme Hund anscheinend nie mehr als ein Mittel zum Zweck gewesen war, ein hinterlistiger Trick, um Wähler von sich zu überzeugen.

„Du glaubst also, dass Dennison Marco in Wirklichkeit gar nicht liebt, dass er für ihn nur eine Strategie ist?"

„Es erscheint mir schon ziemlich verdächtig, dass er sich den Hund ausgerechnet zu jenem Zeitpunkt angeschafft hat."

„Ja, das ist wohl wahr", seufzte ich. „Alles an dieser Sache ist verdächtig. Vielleicht hat Octocat recht. Morde sind einfacher aufzuklären als Entführungen."

„Dafür, dass du ihn nicht mitnehmen wolltest,

sprichst du ganz schön viel über diesen Kater." Grandma schmunzelte. „Und nun erzähl mal, was du in den Zeitungen gefunden hast."

Jetzt hatte ich einen Kloß im Hals und schluckte schwer. „Nichts. Wir sind doch noch gar nicht lange hier."

„Trotzdem bin ich in der Kürze der Zeit auf eine heiße Spur gestoßen."

„So heiß ist sie ja auch wieder nicht", entgegnete ich.

„Hey, das ist doch ein richtiger Goldnugget. Ein Golden-Retriever-Goldnugget."

Ich weigerte mich, über so ein so blödes Wortspiel zu lachen. „Heißt das, wir sind hier fertig?"

„Nicht ganz." Sie schloss alle Browserfenster und rief die interne Suchmaschine der Bibliothek auf. „Wo wir schon mal hier sind, schaue ich mir rasch ein paar Bücher mit Strickmustern an."

Grandma schaffte es doch immer wieder, mich zu überraschen. „Stricken? Ich dachte, das hättest du aufgegeben. Du hast doch gesagt, das sei etwas für alte Damen, weißt du noch?"

„Ja, stimmt, aber als ich das sagte, war es auch nicht so klirrend kalt wie jetzt. Und ich dachte, Nini könnte ein Pullöverchen gebrauchen, das sie schön warm hält."

Ah, Nini, das Haustier ihres neuen Freunds. Das nervöse Kaninchen hatte uns bei unserem letzten Fall geholfen – zwei Morde und eine Entführung, die wir in Rekordzeit aufgeklärt hatten.

Irgendwie konnte ich mir nicht vorstellen, dass Nini sich das Strickteil gerne anziehen lassen würde, bestimmt würde sie es eher als Zwangsjacke empfinden, aber zumindest hatte Grandma eine Aufgabe, die sie glücklich machte.

„Okay. Dann wühle ich mich derweil noch mal durch die Zeitungen. Da muss es doch etwas Aufschlussreiches geben."

Grandma schaltete ihren Computer aus und spazierte in den hinteren Teil der Bibliothek. Ich schloss die Augen und hoffte, dass gleich endlich eine spannende Schlagzeile auf meinem Bildschirm auftauchen würde. Obwohl ich ihre Theorie durchaus plausibel fand, wollte ich einfach nicht glauben, dass sich jemand aus einem so oberflächlichen Grund wie ein paar zusätzlichen Wählerstimmen ein Haustier zulegte.

Ich rief mir unsere heutigen Gespräche mit dem Bürgermeister in Erinnerung. Was auch immer seine ursprünglichen Beweggründe gewesen sein mochten, jetzt schien Mark Dennison seinen Hund zu lieben und sich nichts sehnlicher zu wünschen, als ihn unbeschadet wiederzubekommen. Oder irrte ich mich etwa?

Ich blätterte noch etwa eine halbe Stunde in den digitalen Archiven. Das einzig Interessante, was ich dabei entdeckte, war ein alter Leitartikel, in dem es um Junggesellen in der Politik ging und darum, dass sie für solche Aufgaben nicht wirklich geeignet seien.

Armer Mark. Die ganze Welt schien gegen ihn zu sein, und ich bekam ein leicht schlechtes Gewissen, weil ich seine Ehrlichkeit angezweifelt hatte. Für einen Politiker gehörte es wahrscheinlich zum Alltag, nicht immer die ganze Wahrheit preiszugeben. Und natürlich gab es auch immer Leute, die versuchten, andere öffentlich in die Pfanne zu hauen, wenn ihnen deren Gesinnung nicht passte.

Ich beendete meine fruchtlose Recherche und fand Grandma kurz darauf in der Abteilung für junge Erwachsene. Sie unterhielt sich mit einem rothaarigen Mädchen, das geflochtene Zöpfe trug und eine frappierende Ähnlichkeit mit Pippi Langstrumpf aufwies. Es fehlte nur noch das Äffchen auf ihrer Schulter. Ihr Gesicht war mit Sommersprossen übersät, und ich schätzte sie auf etwa neun. Sie erschien mir noch zu jung für die Bücher in den Regalen hier, während meine Großmutter aus dem Alter der Jugendliteratur wohl eher raus war.

„Wie sieht's aus, können wir los?", fragte ich Grandma und fühlte mich in dem Moment irgendwie wie ihre Mutter.

„Ja, gleich", antwortete sie mit höherer Stimme als sonst. „Betsy und ich haben uns gerade über die Umstände von Lord Voldemorts Machtergreifung unterhalten. Betsy, du hast gesagt, dass Nagini mehr als nur eine Schlange war. Könntest du das näher erläutern?"

Ich stöhnte und wandte mich ab. So sehr ich Harry Potter auch liebte, genügte es mir im Moment vollkommen, mich mit Bürgermeister Dennisons Geschichte auseinanderzusetzen. Auf eine tiefgründige Diskussion über den Dunklen Lord hatte ich jetzt so gar keine Lust.

Aber, hey, immerhin befand ich mich gerade an einem meiner Lieblingsorte. Vielleicht sollte ich mich einfach ein bisschen umschauen und mir ein schönes Buch aussuchen, mit dem ich mich belohnen könnte, wenn wir den Fall abgeschlossen hatten.

Obwohl ich normalerweise Romane bevorzugte, schlenderte ich in die Tierbuchabteilung. Vielleicht gab es ja ein Nachschlagwerk über exotische Haustiere. Bisher hatte ich fast immer Glück gehabt mit den Tieren, die mich bei meiner Detektivarbeit unterstützten, doch was, wenn ich irgendwann ein Chinchilla, ein Frettchen oder sogar eine Schlange befragen musste, um ein Verbrechen zu lösen? Es könnte sicher nicht schaden, auf alles vorbereitet zu sein.

Kurze Zeit später bog Grandma um die Ecke. „Da bist du ja. Ich habe mindestens eine halbe Stunde nach dir gesucht."

Komisch, denn ich hatte sie erst vor etwa zehn Minuten verlassen. Ich stellte das Buch, in dem ich geblättert hatte, ins Regal zurück und schloss den Reißverschluss meines Mantels. „Dann lass uns nach Hause fahren."

Auf der Rückfahrt sagte ich nicht viel, während Grandma immer wieder mit ihrer fachlichen Diskussion über Voldemort anfing. Sie stellte sogar einen Vergleich mit Bürgermeister Dennison an, was ich ziemlich seltsam fand, wenn man bedenkt, wie überzeugt sie für ihn Partei ergriffen und ihn bei seiner Amtseinführung gegen die Demonstranten verteidigt hatte.

Zu Hause fanden wir Octocat auf einem sonnigen Flecken am Boden dösend vor, wie er es häufig tat, während Paisley sich an seine Seite schmiegte und ihm das Fell am Hals leckte. Er schnurrte laut und blinzelte genüsslich. Als er bemerkte, dass wir dastanden und sie beobachteten, sprang er entsetzt auf und machte das gleiche angewiderte Gesicht, wie wenn er zufällig eine Gurke in seiner Nähe erblickte.

Ich konnte es mir einfach nicht verkneifen, ihn ein wenig aufzuziehen: „Also, du und Paisley, ja?" fragte ich, verzog die Lippen zu einem Kussmund und riss die Augen auf.

„Es ist nicht so, wie es aussieht, Angela, und das weißt du. Sie ist einfach eine kleine ... Oh, warum mache ich mir überhaupt die Mühe, dir das zu erklären? Ihr ignoranten Menschen versteht das doch sowieso nicht. Verschwinde hier, Hund!" Nach dieser Abfuhr huschte Paisley wimmernd davon.

„Willst du hören, was wir in der Bibliothek herausgefunden haben?", fragte ich und neigte den Kopf zur Seite.

Er streckte zunächst der Reihe nach seine Beine, erst die vorderen, dann die hinteren, bevor er sich gemächlich zu mir umdrehte. „Wenn es sein muss."

Kurz berichtete ich ihm, dass wir nicht viel in Erfahrung gebracht und weiterhin keinen konkreten Plan hatten, jedoch hatte ich nicht erwartet, dass er mich daraufhin auslachen würde.

„Oh, ihr Menschen seid schon komische Geschöpfe. Immer so hilfsbedürftig. Wir Katzen brauchen niemanden, der uns sagt, was wir tun sollen. Wir haben immer einen Plan. Mein Cousin dreiundzwanzigsten Grades, Stubbs, hat sogar über Menschen geherrscht. Sie haben ihn zum Bürgermeister ihrer Stadt gewählt, und zwar über zwanzig Jahre lang! Als er seine erste Amtszeit antrat, war er noch ein kleines Katerchen. Und er hat seine Sache großartig gemacht. Wenn du mich fragst, sollten mehr Katzen Bürgermeister werden. Ich meine, du siehst doch, wie viel besser dein Leben ist, seit ich da bin und dir zeige, wie man es richtig lebt."

„Ich gehe nach oben", erwiderte ich bloß und drehte mich auf dem Absatz um, bevor Octocat seinen langweiligen Monolog über seine seltsamen Verwandtschaft fortsetzen konnte. Und genauso wenig wollte ich mich jetzt mit Grandmas abstrusen Verschwörungstheorien befassen.

„In einer Stunde ist das Abendessen fertig", rief sie mir nach. „Irgendwie habe ich Lust auf eine schöne Quiche. Ich fange gleich an!" Mit diesen Worten verschwand sie in der Küche, und ich stapfte die Treppe hinauf. Erst als ich mein Turmzimmer erreicht hatte, bemerkte ich, dass Paisley mir gefolgt war.

„Mami", sagte sie mit ihrem niedlichen Stimmchen, wedelte mit dem Schwanz und blinzelte mich an. Es sah immer so aus, als würde sie gleich weinen, selbst wenn sie glücklich war. „Ich habe dich vorhin vermisst, Mami."

„Ich dich auch, Süße. Aber es war sehr schön, nach Hause zu kommen und zu sehen, dass du und Octocat so gut miteinander auskommt."

„Ja, aber dann hat er meine Gefühle verletzt", jammerte sie. „Warum tut er das?"

„Oh, Schätzchen." Wenn ich nur die Antwort auf diese Frage wüsste, könnte ich mir ein zweites Standbein als Katzentherapeut aufbauen und Millionen verdienen.

12

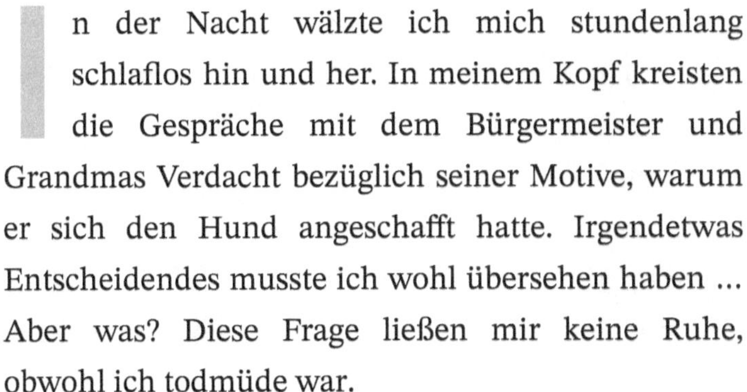

n der Nacht wälzte ich mich stundenlang schlaflos hin und her. In meinem Kopf kreisten die Gespräche mit dem Bürgermeister und Grandmas Verdacht bezüglich seiner Motive, warum er sich den Hund angeschafft hatte. Irgendetwas Entscheidendes musste ich wohl übersehen haben ... Aber was? Diese Frage ließen mir keine Ruhe, obwohl ich todmüde war.

Schon nach kurzer Zeit verließ Octocat genervt das Bett, um sich woanders ein ruhigeres Plätzchen zu suchen. Ich vermisste zwar seine Wärme, aber auf seine missbilligenden Bemerkungen, wie sinnlos mein Gedankenkarussell doch sei, konnte ich gut verzichten.

Ich hatte gehofft, am nächsten Morgen ein wenig

ausschlafen zu können, aber Grandma machte mir einen Strich durch die Rechnung. Sobald die ersten Sonnenstrahlen durch die Vorhänge drangen, stürmte sie herein, mit der kläffenden Paisley auf den Fersen. „Guten Morgen! Es ist ein perfekter Tag zum Laufen! Unser zweites Training! Das wird wahrscheinlich nicht so leicht für dich", sagte sie mit einem kecken Grinsen, „aber wir dürfen jetzt nicht nachlassen. Danach wirst du dich großartig fühlen. Raus aus den Federn, nicht trödeln, husch, husch!"

Ich zog mir das Kissen über den Kopf, sodass ich kaum Luft bekam, aber das störte mich im Moment nicht, Hauptsache Grandma ließ mich in Ruhe. Gab es etwas Schlimmeres, als mit ihr laufen zu gehen, wenn man fast nicht geschlafen hatte?

Dann tauchte auch noch Octocat mit einer toten Ratte im Maul auf und ließ sie direkt auf mich fallen, was mir bewies, dass es tatsächlich noch schlimmer kommen konnte.

Ich schrie auf und warf die Bettdecke samt der Ratte zu Boden. Paisley kam herangeflitzt und schnappte sich das tote Nagetier.

„Boah, die sieht ja lecker aus! So ein dicker Brocken", nuschelte sie mit dem fetten Vieh im Maul.

„Sag mal, geht's noch? Warum tust du mir das an, und das auch noch so früh Morgen?", schimpfte ich mit ihm, wobei ich immer noch einen Brechreiz verspürte.

„Betrachte es als Bezahlung. Nicht als Geschenk. Ich brauche nämlich etwas."

„Ich will dieses eklige Ding weder als Geschenk noch als Bezahlung! Alles, was ich will, ist, dass du es aus dem Haus schaffst!" Wieder schauderte ich. Wie ich solche Aktionen hasste. Die Sache war umso gemeiner, weil ich mit Ratten ebenfalls sprechen konnte.

Octocat hingegen schien kein Problem damit zu haben, mich auf die Palme zu bringen. Ihn interessierten allein seine eigenen Bedürfnisse.

„Ich hatte eine sehr unruhige Nacht wegen dir, Angela", begann er seufzend. Was habe ich gesagt? Es ging immer nur um ihn. „Du hast dich permanent herumgewälzt und ständig vor dich hin gemurmelt, sodass ich kein Auge zugetan habe. Das geht einfach nicht. Ich brauche mein eigenes Schlafzimmer. Mein eigenes Bett."

„Das soll wohl ein Scherz sein. Sorry, ich kann mich gerade nicht damit auseinandersetzen. Grandma, mir ist echt nicht gut, ich gehe nicht joggen. Ich muss mir die Energie für unseren Fall aufsparen."

Sie winkte ab. „Es gibt nichts Besseres, als

morgens an erster Stelle das Blut in Wallung zu bringen. Danach ist auch dein müdes Gehirn wieder topfit."

Ich stöhnte auf. Warum konnten sie mich nicht einmal für fünf Minuten in Frieden lassen? War das wirklich zu viel verlangt? Nur fünf Minuten würden mir schon helfen.

„Ich nehme an, ich habe keine andere Wahl?"

„Nein", antwortete sie energisch und warf mir eine Trinkflasche zu, die ich nicht auffing und daher auf den Boden knallte.

Paisley hatte sich bereits mit der Ratte davongestohlen, und ich hoffte inständig, das tote Tier nicht noch einmal sehen zu müssen. Und garantiert würde ich mich nicht von der Chihuahua-Hündin ablecken lassen, bevor ich ihr nicht gründlich die Zähne geputzt hatte.

„Lass uns gehen. Beeil dich!", rief Grandma ungeduldig. Puh, sie nahm ihre Rolle als meine persönliche Trainerin eindeutig zu ernst.

Octocat sprang aufs Bett und fixierte mich mit seinen bernsteinfarbenen Augen. „Da du meine Bezahlung akzeptiert hast, erwarte ich, dass du die mir zugesagte Leistung bis zum Einbruch der Nacht erbringst. Wehe, du vergisst das. Wenn du zurück bist, bekomme ich mein eigenes Schlafzimmer, und wehe, es ist kein schönes. Das ist immerhin mein Haus."

Ich ignorierte ihn, während ich versuchte, mich auf die Fitnesseinheit vorzubereiten, die mir bevorstand. Es würde ein furchtbar anstrengender Tag werden, so viel war sicher.

Paisley war immer noch irgendwo mit dem Nagetier beschäftigt, sodass es ausnahmsweise kein Problem darstellte, sich ohne sie davonzuschleichen. Die Schneemassen und die Kälte da draußen waren einfach zu gefährlich für die Kleine. Hoffentlich würden wir bald milderes Wetter bekommen, allerdings konnte man das in Blueberry Bay Anfang Februar nicht erwarten.

Grandma fuhr uns zu Cujos Haus, schnappte ihn sich aus dem Vorgarten und legte ihm die Leine an.

„Ich erwarte, dass du dich heute besser anstellst", brummte der Husky-Mischling und verengte kritisch die Augen, was ihn noch unheimlicher erscheinen ließ. „Deine gestrige Leistung war nicht akzeptabel, aber ich bin froh, dass du es heute erneut versuchen willst. Wir werden schon noch eine Marathonläuferin aus dir machen."

„Ich weiß überhaupt nicht, warum dir das so wichtig ist", murmelte ich. „Du kennst mich doch gar nicht."

„Oh, aber ich renne gerne, damit kenne ich mich aus", antwortete Cujo mit einem höhnischen Grinsen und stürmte los. Und schon waren wir unterwegs.

„Also", sagte Grandma, als wir um die nächste Ecke bogen, „ich glaube immer noch, dass an der Sache mit dem vermissten Golden Retriever etwas faul ist."

Nicht einmal beim Laufen konnte man mal in Ruhe nachdenken. So ein Pech. Momentan war wirklich der Wurm drin.

„Was höre ich da? Ein vermisster Retriever?", fragte Cujo, der immer noch in halsbrecherischem Tempo vor uns her preschte.

Ich hatte das Gefühl, er würde mir gleich die Schulter auskugeln, weil er so stark an der Leine zog und ich kaum mit ihm und Grandma Schritt halten konnte.

„Ja", antwortete ich, bereits völlig außer Atem. „Unser neuester Fall."

„Was für ein Fall?", fragte er mit gespitzten Ohren.

„Ich bin ... Privatdetektivin", keuchte ich. „Ich und ... mein Kater."

Er schnaubte. „Mit Katzen kann man doch nicht zusammenarbeiten. Es kümmert sie nicht, ob ein Job erledigt wird oder nicht. Du brauchst einen Hund.

Aber du hast Glück, denn ich arbeite freiwillig. Gib mir einfach eine Aufgabe, und ich erledige sie. Das ist es, was wir Arbeitshunde am besten können. Und jetzt schieß los, wie kann ich dir helfen, diesen vermissten Retriever zu finden?"

„Was hat er gesagt?", wollte Grandma wissen. Manchmal vergaß ich, dass sie zwar die Laute hören konnte, die die Tiere von sich gaben, während ich mich mit ihnen unterhielt, wie jetzt Cujos Bellen und Brummen, jedoch nicht verstand, worüber wir sprachen.

„Er will helfen, Marco zu finden", erklärte ich ihr heftig japsend und kurz davor, tot umzufallen.

„Perfekt!", rief sie, dynamisch wie immer und kein bisschen außer Puste. Sie schien nicht einmal ins Schwitzen gekommen zu sein.

„Wir fahren direkt zum Haus des Bürgermeisters, sobald wir unsere Runde beendet haben", beschloss sie laut.

„Nein. Bitte nicht. Ich brauche eine Pause", flehte ich. „Ich schaffe das nicht."

„Also ehrlich, du enttäuschst mich schon wieder", bemerkte Cujo mit einem leisen Knurren. „Sieh doch endlich ein, dass du mich unbedingt für diesen Fall brauchst. In mir stecken nicht nur Husky-Gene, ich bin auch teils Akita und teils Pyrenäenberghund, die größten und stärksten Rassen. Deswegen bin ich auch der Größte überhaupt."

Wow, an Ego mangelte es diesem Hund offensichtlich nicht. So sehr er Katzen verachten mochte, erinnerte er mich gerade trotzdem an einen bestimmten Kater.

„Okay, aber ich habe nicht gesagt, dass du den Job hast", erwiderte ich zögerlich, weil ich befürchtete, es würde unsere Ermittlungen nur weiter erschweren, wenn ich mich auch noch um Cujo kümmern müsste.

„Natürlich hat er den Job!", rief Grandma vergnügt. „Guter Junge. Sag uns einfach, wie du belohnt werden willst, und wir werden dafür sorgen, dass du es bekommst. Magst du Kauknochen oder Ochsenziemer?"

Ich übersetzte das für Cujo, der seufzte und sagte: „Wenn ich meine Aufgabe erfolgreich erledigt habe, ist das für mich die schönste Belohnung, aber ich freue mich natürlich auch über eine Wertschätzung."

Er warf mir einen missbilligenden Blick über die Schulter zu und meinte dann: „Klär mich über den Fall auf, damit ich loslegen kann. Ich werde die Sache in Rekordzeit lösen, wirst schon sehen."

Nur mit Mühe gelang es mir, ihm die Fakten zu schildern, während wir die Lauftortur fortsetzten, aber irgendwie schaffte ich es doch. Als wir unsere Runde nach vierzig statt der gestrigen dreißig Minuten beendet hatten, sackte ich völlig abgekämpft in den Schnee. In diesem Augenblick war mir alles egal, ich wollte mich nur noch ausruhen.

„Was machst du da?", fragte Grandma lachend.

Cujo war weit weniger amüsiert. „Steh auf! Wir haben jetzt keine Zeit, faul herumzuliegen, nicht bevor der Job nicht erledigt ist."

Ich machte einen Schneeengel und ignorierte die beiden geflissentlich, bis sich mein Puls endlich wieder etwas normalisiert hatte. Nicht erholt, aber leicht erfrischt stand ich auf und schlurfte zum Auto.

„Das war doch gar nicht so schlimm, oder?", fragte Grandma und bedeutete Cujo, sich auf die enge Rückbank ihres Sportwagens zu setzen, die der riesige Rüde mit seinen mindestens fünfzig Kilo fast komplett ausfüllte.

Ich lachte resigniert, schloss die Augen und lehnte mich gegen die Kopfstütze. Je schneller wir diesen Fall lösten, desto eher würde ich wieder Schlaf finden. Hoffentlich hatte Octocat mittlerweile seine Forderung nach einem eigenen Schlafzimmer vergessen. Andererseits, wann hatte er jemals etwas vergessen? Oder zumindest etwas, das ihn betraf?

13

Zum zweiten Mal innerhalb von zwei Tagen pirschten wir uns an das Haus des Bürgermeisters heran. Ich hatte kein gutes Gefühl dabei, hier erneut herumzuschnüffeln, und hoffte inständig, dass Grandma dort nicht wieder einbrechen wollte.

Gestern hatten wir ja gerade noch so die Kurve gekriegt und unser plötzliches Auftauchen erklären können, aber wenn Mark uns heute erneut erwischte, würde er sicher Verdacht schöpfen, dass wir nicht nur das Verschwinden seines Hundes untersuchten, sondern auch seine Person genauer unter die Lupe nahmen.

„Ist das Mark?", keuchte Cujo mir ins Gesicht. Er hing mit seinem riesigen Kopf zwischen den beiden

Vordersitzen. Komisch, dass er während unseres Trainings überhaupt nicht angestrengt gewirkt hatte, jetzt aber vor lauter Aufregung über das bevorstehende Abenteuer heftig hechelte und dabei seine lange Zunge sabbernd heraushängen ließ.

Gerade noch rechtzeitig erspähte ich am Ende der Straße den schicken Wagen des Bürgermeisters, bevor er in eine andere Richtung abbog.

„Ich werde ihn beschatten", sagte Grandma und stieß mich sanft in die Rippen. „Spring raus! In der Zeit kannst du dich hier umsehen."

Ich wusste, dass eine Diskussion mit ihr keinen Zweck hatte, auch wenn ich zum Umfallen müde war. Wenigstens würde ich mich jetzt in meinem eigenen Tempo bewegen können.

Aber das war leider ein Irrtum. Einen Moment später stand ich mit Cujo an meiner Seite im Neuschnee von heute Morgen. „Warum bist du nicht bei Grandma geblieben?", fragte ich ihn, und er merkte mir sicher an, dass ich nicht begeistert über seine Anwesenheit war.

„Und die ganze Action verpassen? Auf keinen Fall. Ich hasse diese Blechbüchsen sowieso. Ich bin dafür gemacht, einen Schlitten zu ziehen, und nicht in einem zu sitzen." Er schnaufte und scharrte ungeduldig mit den Pranken.

„Na dann komm", sagte ich und stapfte die verschneite Einfahrt hinauf. Ich hätte gedacht, dass beim Bürgermeister alles vorbildlich vom Schnee befreit wäre. Er könnte doch sogar die Jungs mit den Räumfahrzeugen zu sich bestellen, aber wahrscheinlich kamen die angesichts der rekordverdächtigen Schneefälle der vergangenen Woche überhaupt nicht mehr hinterher.

„Wonach suchen wir?", erkundigte sich Cujo. „Ich mag es nicht, hier herumzustehen und Zeit zu verschwenden. Nicht, wenn wir eine Aufgabe zu erledigen haben."

Ich hatte nur ein paar Sekunden innegehalten, aber anscheinend war das für den hyperaktiven Arbeitshund schon zu lange. „Ich bin mir nicht sicher", antwortete ich und machte mich auf einen weiteren kritischen Kommentar von ihm gefasst, den er sicher schon auf den Lippen hatte. Doch just in dem Moment blies uns ein eisiger Windstoß ins Gesicht, und Cujo reckte die Nase.

„Ah, das fühlt sich gut an", seufzte er zufrieden. Dann nahm er einen übertrieben langen und geräuschvollen Atemzug und sein ganzer Körper erstarrte.

„Ich rieche etwas", teilte er mir mit.

„Tatsächlich? Was denn?"

„Pipi.“

Oh, super. „Ja, ähm, als der Bürgermeister uns gestern hier alles gezeigt hat, meinte er, dass Marco immer auf dieser Seite des Hauses pinkeln geht.“

„Nein, offenbar nicht immer“, bellte Cujo und drehte seinen Kopf in die entgegengesetzte Richtung. „Es kommt von da drüben!“ Er hob eine Pfote und zeigte auf den Wald.

„Bist du sicher? Aber da ist doch nichts“, erwiderte ich.

„Vielen Dank für das Vertrauen. Ihr Menschen glaubt nur, was ihr seht, ja? Gut, ich schätze, eine Privatdetektivin braucht ein gesundes Maß an Skepsis, so wie ein Schlittenführer seinen Schneeanker, aber vertrau mir. Auf meine Nase kannst du dich verlassen.“

„Oh ... okay“, sagte ich langsam, weil ich keine Lust hatte, das mit ihm auszudiskutieren, und von Hundeschlitten hatte ich überhaupt keine Ahnung.

Cujo zog an der Leine. „Wir sollten dahin gehen, wo der Pipiduft herkommt, er wird uns alles verraten, was wir wissen müssen.“

Na toll. Aber immerhin eine Spur. Wir folgten dieser bis tief in den Wald, kamen jedoch längst nicht so schnell voran, wie er sich das vorstellte. Es war recht schattig unter den hohen, alten Bäumen, obwohl die Sonne schien.

„Das ist mir hier nicht ganz geheuer", sagte ich, holte mein Handy heraus und stellte fest, dass ich nur sehr schwachen Empfang hatte. „Niemand weiß, dass wir hier hinten sind. Was, wenn …?"

Cujo unterbrach mich mit einem leisen Knurren. „Wir haben keine Zeit für Was-wäre- wenn-Szenarien. Wir müssen einen Fall lösen, schon vergessen?"

Es gab zwei Möglichkeiten: zurückgehen und den monströsen, grimmig dreinblickenden Hund neben mir enttäuschen oder das klitzekleine Risiko eingehen, noch tiefer in den Wald vorzudringen. Dieses Mal entschied ich mich, meine Skepsis beiseitezuschieben und dem unermüdlichen Husky-Mix durch die Bäume zu folgen.

Als wir eine Lichtung erreichten, wurde mir klar, dass Cujos scharfer Geruchssinn uns tatsächlich an einen interessanten Ort geführt hatte. Zwischen den Bäumen am Waldrand stand eine kleine Blockhütte, die ohne die strahlend weiße Schneedecke auf dem Dach wahrscheinlich kaum zu sehen gewesen wäre. Aus dem Schornstein stieg Rauch auf, und eine verblasste Spur von Fußabdrücken führte direkt zur Eingangstür. Es sah aus wie der perfekte Ort, um der Kälte zu entfliehen und sich einen Moment auszuruhen. Oh, wie sehr ich mich nach einem solchen Moment sehnte.

„Da wären wir", teilte mir Cujo mit, der in Richtung Hütte sprang, ein Bein hob und sich höchst zufrieden erleichterte. „So. Jetzt riecht es nicht mehr nach fremdem Pipi."

„Glaubst du, es ist Marcos?", fragte ich. Die Pinkelrituale von Hunden waren zweifelsohne eine Wissenschaft für sich, mit der ich mich offen gestanden nicht gut auskannte.

„Ich bin ihm nie begegnet, also kann ich das nicht mit Sicherheit sagen." Cujo kniff die Augen zusammen und blinzelte in die Sonne. „Aber lass mich mal schnuppern ..."

Dann steckte er seine Schnauze in den Schnee. „Dieser Hund ist männlich, etwa fünf oder sechs Jahre alt, leicht übergewichtig und scheint vegetarische Leckerlis zu mögen. Nicht gerade mein Lieblingssnack, aber ..."

„Interessant!", unterbrach ich ihn, weil mir das Gespräch mit Dennison einfiel, als er uns durch sein Haus geführt und Marcos Tagesablauf erklärt hatte. „Der Bürgermeister erwähnte, dass er für Marco Veggie-Snacks verwendet, um sein Gewicht zu reduzieren, da die Fleischsorten ihn zu dick machen."

„Tja, dann haben wir den vermissten Kollegen

wohl gefunden", antwortete Cujo mit einem breiten Grinsen. „Ich sagte doch, es ist einfach, wenn man sich auf die Aufgabe konzentriert."

Er hatte recht. Ohne ihn hätte ich diesen Ort niemals entdeckt, aber trotzdem waren wir noch nicht fertig hier – wir wussten ja noch gar nicht, was uns in der Hütte erwartete.

Ich drückte mich flach an die hölzerne Außenwand und schlich mich langsam zum Fenster. Ein kurzer Blick hinein bestätigte unsere Vermutung: Ein stattlicher Golden Retriever saß vor einem lodernden Kaminfeuer und knabberte an einem Rinderhautknochen.

„Das muss er sein!", rief ich aufgeregt aus und hielt mir im nächsten Augenblick die Hand vor den Mund, da mir bewusst wurde, wie laut ich gesprochen hatte. Hoffentlich würden wir nicht auffliegen. Der Retriever spitzte die Ohren, wandte aber seinen Blick nicht von dem Knochen ab. Es kam auch niemand heraus, um nachzusehen, also war Marco vermutlich allein dort eingesperrt.

„Was sollen wir tun?", fragte ich Cujo.

„Geh rein und rette ihn, was sonst!", gab er schmunzelnd zurück. „Das ist der letzte Teil unserer Mission. Du darfst jetzt nicht kneifen."

Ich versuchte, die Tür zu öffnen, aber sie war verschlossen. „Und jetzt?"

„Weg hier!" Der Husky-Mischling sprang zur Seite und zerrte mich mit sich. Nicht ohne Grund, denn nun erblickte auch ich in der Ferne eine Gestalt, die eine riesige Pelzmütze und dicke Winterhandschuhe trug.

Cujo und ich kauerten uns hinter die Hütte, und ich beobachtete entsetzt, wie Bürgermeister Mark Dennison höchstpersönlich durch den Schnee gestapft kam und kurz darauf im Inneren der Hütte verschwand. Das konnte ja wohl nicht wahr sein!

Vorsichtig und in einer schmerzhaften geduckten Haltung pirschte ich mich an das Fenster heran und spähte über den Sims. Der Bürgermeister hatte sich neben seinem Hund niedergelassen und schien mit ihm den Fall zu besprechen, mit dessen Lösung er uns beauftragt hatte. Seine Worte drangen als leises Gemurmel zu mir durch.

„Also, mein Guter", sagte er lachend, „die ersten Interviews sind großartig gelaufen. Ich denke, das dürfte meine Beliebtheit in der Öffentlichkeit sicher enorm ankurbeln. Jeder wird sich ab sofort daran erinnern, dass ich einen tollen Hund habe."

Er hielt inne und kraulte Marco zwischen den Ohren. „Und sie haben auch echtes Mitleid mit mir.

Es ist eine Sache, mit meiner Politik nicht einverstanden zu sein, aber wenn jemandem ein so netter Hund einfach entführt wird, steht das auf einem anderen Blatt ... Wer macht denn schon so etwas?"

Marco neigte den Kopf zur Seite, und Mark brach in ein teuflisches Gelächter aus, das mich zurückschrecken ließ. „Ja, so etwas macht wirklich nur jemand ohne jegliche Moral."

Des Rätsels Lösung lag nun klar auf der Hand. Niemand hatte den Bürgermeister jemals erpresst, und niemand hatte seinen Hund geraubt. Er selbst hatte Marco hierhergebracht und hielt ihn hier versteckt, so lange, bis er sich der Sympathien der Bürger unserer Stadt sicher sein konnte.

Was sollte ich jetzt tun? Reinplatzen und ihm sagen, dass das Spiel aus sei? Er war schließlich mein Kunde und derjenige, der uns nach Auftragsabschluss bezahlen musste.

Hm. Hatte seine selbst erkaufte Publicity wirklich jemandem geschadet? Dem Hund ging es offensichtlich gut, und er sah nicht unglücklich aus. Ich versuchte abzuwägen, ob ich mich besser verdrücken oder eine Konfrontation erzwingen sollte. Doch noch bevor ich mich entschieden hatte, kam Mark heraus und eilte davon. Ich hielt den Atem an und betete inständig, dass er sich nicht umdrehen und mich entdecken würde.

14

Ich kauerte mich mindestens zehn Minuten lang im Schnee an der Seite der Hütte zusammen, um sicherzugehen, dass Dennison wirklich weg war, bevor ich mit Cujo zurück in den Wald ging.

„Was machen wir jetzt? Was machen wir jetzt? Ich bin bereit für den nächsten Teil der Aufgabe", stieß er ungeduldig hervor. Er sah stolz und zufrieden aus, während er mich so durch die eisige Februarlandschaft zerrte. Ich musste zugeben, dass er mich als Co-Ermittler weitaus mehr motivierte als der mürrische Kater, mit dem ich normalerweise zusammenarbeitete.

„Gute Frage", erwiderte ich. „Ich bin noch unschlüssig. Was würdest du tun?"

Ehrlich gesagt war ich hin- und hergerissen.

Sollten wir den Bürgermeister damit konfrontieren, dass wir die Wahrheit herausgefunden hatten? Oder sollte ich besser meine Mutter anrufen, damit sie über diesen Skandal in ihren Lokalnachrichten berichtete? Sie würde sich bestimmt freuen, eine solch pikante Story serviert zu bekommen, und ihr Sender ebenfalls. Womöglich würde sie sogar große Wellen schlagen und dann auch auf anderen Kanälen laufen.

Cujo blieb stehen und starrte mich mit seinen hellblauen Augen an. „Mir egal, das ist nicht mehr mein Job. Wir haben den Übeltäter gefunden. Punkt. Jetzt liegt es an dir, das Ganze in die richtige Richtung zu lenken."

„Ähm ... ja klar, okay", sagte ich resigniert. „Danke für die Hilfe."

„Keine Ursache", dröhnte er.

Wir liefen eine Weile schweigend nebeneinander-her. Als wir den Rand des Waldes auf der anderen Seite beinahe erreicht hatten, gab mein Telefon eine Reihe von Pieptönen von sich.

„Was war das?", fragte Cujo nervös. „Bestimmt ein Alarmsignal!"

„Keine Panik, nur mein Handy." Ich zog es aus meiner Hosentasche und sah eine verpasste Textnachricht und zwei verpasste Sprachnachrichten von Grandma.

Ich hörte mir die erste Voicemail an. „Ich weiß nicht, wo du bist, Angie, aber geh in Deckung. Mark ist auf dem Weg in deine Richtung." Die zweite lautete ganz ähnlich. Obwohl eine Vorwarnung definitiv nicht schlecht gewesen wäre, war es wahrscheinlich gut, dass mein Telefon nicht geklingelt hatte. Es hätte mich sonst verraten, während wir dort herumspionierten und ich durch das Fenster spähte.

Ich versuchte, Grandma zurückzurufen, um ihr zu sagen, dass bei mir alles okay sei, aber sie ging nicht ran, nicht einmal die Mailbox. Währenddessen schlichen Cujo und ich näher an den Waldrand. Ich wünschte mir nichts sehnlicher, als so schnell wie möglich in ihr warmes Auto zu steigen, und hoffte, dass sie in der Nähe auf uns wartete.

„Was war das?", hörte ich Cujo erneut sagen. Als ich mich umdrehte, sah ich nur noch eine Faust in einem dicken Handschuh auf mein Gesicht zufliegen. Sie traf mich voller Wucht auf die Nase, was höllisch wehtat und mich Sternchen sehen ließ. Im nächsten Augenblick wurde ich in den Schnee gestoßen. Cujo gab ein bedrohliches Knurren von sich und machte seinem Stephen-King-Namensvetter alle Ehre.

„Wer sind Sie?", rief ich benommen. Für diese Frage kassierte ich einen harten Tritt in die Seite. Die Schmerzen waren so heftig, dass ich an nichts anderes mehr denken konnte.

Mein vierbeiniger Begleiter knurrte noch lauter, und dann schrie mein Angreifer auf – offenbar hatte der Rüde zugebissen, und ganz ehrlich, mit Cujos riesigen Reißzähnen will man keine Bekanntschaft machen.

Ein dumpfer Schlag ertönte irgendwo neben mir, und der Husky-Mix jaulte auf. „Verschwinde, du blöder Hund!", hörte ich jemanden brüllen, aber ich war noch zu benommen vom Schmerz, um zu erkennen, ob es sich um eine weibliche oder eine männliche Stimme handelte. Und dann verstummte Cujos vertrautes Hecheln. Mir blieb also nichts anderes übrig, als zu versuchen, mich allein gegen den fremden Angreifer zu wehren.

„Steh auf, Russo", befahl er und zerrte mich an den Haaren hoch. Ein Mann. Eindeutig ein Mann, und ein starker noch dazu.

Mit tat alles weh, und ich musste meinen Schmerz herausschreien: „Was wollen Sie? Lassen Sie mich in Ruhe!"

„Wir haben dir doch schon gesagt, was wir wollen, doch du musstest deine Nase ja weiterhin in unsere Angelegenheiten stecken“, antwortete er, aber ich konnte mir keinen Reim darauf machen.

„Schon wieder konntest du es nicht lassen“, fügte eine andere Stimme hinzu, die einer Frau zu gehören schien.

„Du kommst mit uns“, teilte mir der Mann mit und packte mich noch fester.

Es gelang mir leider nicht, die Gesichter der beiden zu erkennen, weil ich nach wie vor alles nur verschwommen wahrnahm. Dann wurde mir eine Stoffhaube über Kopf und Augen gezogen.

„Wenn du Faxen machst, bist du tot“, sagte die Frau, und ich wusste, dass ich das lieber nicht austesten würde.

„Geh los“, befahl mir der Mann und stieß mir in den Rücken. Die Frau schien direkt vor mir zu sein. Er schob mich vor sich her, und so ging es durch den Wald. Ich war mir ziemlich sicher, dass wir uns auf die einsame Hütte zubewegten. Würde ich dort sterben?

Es war wirklich kein Vergnügen, mit verbundenen Augen durch die Kälte zu marschieren, angetrieben von zwei Unbekannten, die mich in ihrer Gewalt hatten und mich anscheinend so sehr hassten, dass sie mich nun schon zum zweiten Mal entführten.

Ich hatte keinen Zweifel daran, dass es sich um dasselbe Duo handelte, das Mags einen Monat zuvor auf dem Christmas Festival in der Innenstadt verschleppt hatte. Meine Cousine hatte mir berichtet, dass ihre Kidnapper sie immerzu „Russo" nannten und sie warnten, sie solle sich aus ihren Angelegenheiten heraushalten, genau wie diese beiden jetzt bei mir.

Aber was hatten sie mit dem Bürgermeister und seinem Golden Retriever zu tun? Ich hatte doch vorhin mit eigenen Augen gesehen, dass er den Hund selbst versteckt hatte, um eine Erpressung vorzutäuschen. Marco war nie in Gefahr gewesen.

Und doch wurde ich gerade von zwei gewalttätigen Spinnern durch den Wald geschubst, ohne die leiseste Ahnung, was sie mit mir vorhatten. Mein Herz hämmerte gegen meinen Brustkorb, und ich zitterte am ganzen Körper. Es war so eisig, dass selbst das Adrenalin nicht gegen die Kälte half. Schade eigentlich.

Wenn ich wegrennen würde, käme ich vermutlich nicht weit – nicht mit diesen beiden Psychopathen auf den Fersen, und wahrscheinlich würde ich auch ohne die Augenbinde noch nicht wieder klar sehen können. Außerdem, wie würden sie reagieren, wenn ich einen Fluchtversuch startete? Würden sie mich bestrafen? Mir blieb wohl keine andere Wahl, als mich zu fügen.

Einige Zeit später erreichten wir die Hütte, und sie schlugen ein Fenster ein. Irgendwie schafften sie es, die Tür zu öffnen, und dann schoben sie mich hinein. Die wohlige Wärme des Kaminfeuers beruhigte mich sofort, trotz der drohenden Gefahr.

Meine Entführer flüsterten sich eilig ein paar Worte zu, bevor sie mir endlich die dunkle Haube vom Kopf nahmen.

Marco, der Golden Retriever, stand nicht weit von uns entfernt und klemmte besorgt den Schwanz ein. „Wer bist du?", fragte er mich mit freundlicher und doch ängstlicher Stimme. „Was machst du in meinem Spielhaus?"

Ich wünschte, ich hätte ihm diese Frage beantworten können, aber ich hatte ja selbst keinen Schimmer, wer meine Angreifer waren oder was sie von mir wollten. Ich musste auf Nummer sicher gehen. Also wandte ich mich stattdessen an sie und hoffte, dass Marco sie verstehen würde.

„Wer sind Sie? Warum bin ich hier? Was haben Sie mit mir vor?", brach es hastig aus mir hervor. Mein ganzes Gesicht schmerzte von dem harten Schlag, den er mir verpasst hatte, und ich spürte, dass mir immer noch Blut von oben in den Rachen floss –

wahrscheinlich war die Nase gebrochen. Vielleicht könnte Mags mir später ein paar Schminktricks zeigen, falls ich hier überhaupt lebend wieder herauskommen sollte.

Zumindest konnte ich meine Entführer jetzt sehen. Die Frau war etwa Mitte fünfzig. Sie trug eine elegante Frisur und eine Jacke, die sicher viel Geld gekostet hatte. Sie kam mir irgendwie bekannt vor, aber ich konnte sie nicht genau einordnen.

Der Mann stand weiterhin mit dem Rücken zu mir vor dem Kaminfeuer und schwieg, während sie auf meine Fragen einging: „Du weißt doch, wer wir sind. Und warum du hier bist, kannst du dir sicher auch selbst beantworten. Was wir mit dir vorhaben? Das wird sich zeigen ..." Sie lachte zynisch – auf eine klare Antwort brauchte ich wohl nicht mehr zu hoffen.

Ich schluckte nervös, doch der dicke Kloß in meinem Hals wurde nur noch größer. Waren die wirklich so irre, mich abzumurksen? Aus welchem Grund denn? Sicher, ich hatte durch meine Arbeit als Privatdetektivin schon ein paar Bösewichte hinter Gitter gebracht, aber ...

„Was denkst du, Russo?", fragte der Mann unvermittelt und drehte sich zu mir um.

Oh. Dieses Gesicht kannte ich nur allzu gut, auch

wenn er sich offensichtlich die Falten hatte straffen lassen. Das weiße Haar und der breite Kiefer sahen jedoch noch genauso aus wie früher.

„Mr. Thompson?" Plötzlich begannen sich die Puzzleteile in meinem Kopf zusammenzufügen. Stand hier wirklich mein ehemaliger Chef vor mir, der frühere Partner der Anwaltskanzlei, die jetzt von meinem Freund Charles Longfellow geleitet wurde?

„Höchstpersönlich", sagte er mit einem fiesen Grinsen.

„Warum haben Sie mich entführt?" Ich kniff die Augen zusammen und versuchte, das Horrorszenario zu verdrängen, das sich in meinem Kopf abspielte. „Und sollten Sie nicht im Gefängnis sein?"

Er lachte verbittert. „Du solltest deine Fälle besser verfolgen, Angie. Glaubst du im Ernst, das Gericht hätte geglaubt, dass ich zwei Katzen dazu gebracht habe, ihr Frauchen in den Tod zu stürzen? Nein. Mein Anwalt hat mich da rausgeboxt, und das Ganze wurde als Unfall gewertet. Ich musste nur für kurze Zeit in den Knast, wegen fahrlässiger Tötung, und jetzt bin ich ein für alle Mal zurück."

Es ergab noch immer keinen Sinn. „Aber was wollen Sie denn? Warum sind Sie hierhergekommen? Warum verfolgen Sie mich?"

„Glaubst du etwa, wir würden dich verfolgen?",

fragte die Frau und schüttelte den Kopf. „Da irrst du dich aber. Du bist uns nur zufällig in die Quere gekommen.“

„Das verstehe ich nicht.“

„Was ja nichts Neues ist“, spottete Thompson. „Du warst eine lausige Anwaltsgehilfin, und es wundert mich nicht, dass du jetzt eine ebenso lausige Privatdetektivin bist.“

Das musste ich mir nicht gefallen lassen, weder seine Beleidigungen und den Rest schon gar nicht. Ich würde ihn wegen körperlicher Gewalt und Freiheitsberaubung verklagen. Als seine Angestellte hatte ich so einige gemeine Sprüche von Thompson einstecken müssen, aber das Thema hatte sich ja längst erledigt. Jetzt war ich mein eigener Chef.

Von mir aus konnte er den Rest seines Lebens hinter Gittern verbringen. Verdient hätte er es – und ich würde dafür sorgen. Mir fehlte nur noch eine zündende Idee, um aus dieser Nummer wieder herauszukommen.

15

Thompson befahl mir, mich auf den Schreibtischstuhl zu setzen, so ein Drehdings mit Rollen. Dann fesselte er mir die Hände mit einem dicken Seil hinter dem Rücken.

„Aua, das tut weh", beschwerte ich mich, woraufhin Thompson das Seil noch fester zuzog. Als er damit fertig war, schaute er mich zufrieden grinsend an. „Endlich bekommst du deine gerechte Strafe", raunte er mir zu.

„Ich weiß nicht, was das soll", murmelte ich und versuchte, nicht so verzweifelt zu klingen, wie ich mich fühlte. „Ich kann zwar nachvollziehen, dass Sie mich nicht mögen, aber was hat das mit dem Bürgermeister und seinem Hund zu tun?"

Thompson lachte erneut auf und schüttelte den

Kopf. „Denise", wandte er sich an seine Komplizin, die anscheinend seine Ehefrau war. „Geh und hol die Kamera aus dem Rucksack. Ich hatte sie nur für alle Fälle eingepackt, aber jetzt sieht es so aus, als könnten wir sie tatsächlich gebrauchen."

„Schon dabei", antwortete sie und durchquerte die Hütte, vorbei an dem Golden Retriever.

Marco blickte kurz zu ihr auf und wandte sich dann sofort wieder seinem Kauknochen zu. Der würde mir keine große Hilfe sein!

„Wir hatten keine Ahnung, dass du uns über den Weg laufen würdest, als wir hierherkamen", sagte mein ehemaliger Chef. „Das war wirklich ein glücklicher Zufall. Was den Bürgermeister angeht, so haben wir seinen dummen Hund nicht entführt. Aber nach den Interviews mit ihm in den Lokalnachrichten brauchte man ja nur eins und eins zusammenzählen. Es war ziemlich offensichtlich, dass er die ganze Sache selbst inszeniert hat."

Ich atmete scharf ein. Wie hatte Thompson das vor mir herausfinden können? Und warum spielte es für ihn überhaupt eine Rolle?

Sein Blick schien mich zu durchbohren. „Du hast dein Herz immer auf der Zunge getragen, Angie. Und ich kann sehen, wie dir der Kopf raucht. Aber ich glaube, dass jeder, der nur halbwegs bei Verstand ist, hätte merken müssen, was Mark im Schilde führt. Er war noch nie gut darin, seine ... nennen wir es mal ... lockere Moral zu verbergen."

Es war mir nach wie vor schleierhaft, worauf er hinauswollte. „Aber was hat das mit Ihnen zu tun? Warum mischen Sie sich da überhaupt ein?"

„Schlicht und ergreifend, weil Mark Dennison ein furchtbarer Bürgermeister ist", schaltete sich Denise ein, die gerade mit einer alten Polaroidkamera in Händen zurückkehrte. „Er hätte nie gewählt werden dürfen."

„Lassen Sie mich raten, Sie wollen den Job übernehmen", fauchte ich Thompson an.

Er seufzte. „Nein. Aufgrund meiner kleinen Vorstrafe darf ich leider nicht mehr für ein öffentliches Amt kandidieren. Meine Frau hingegen ..." Beide lächelten sich siegessicher an, sie trat auf ihn zu, und sie küssten sich innig. Ich hätte kotzen können.

„Ich werde das allen erzählen, wenn ich hier rauskomme", rief ich empört. Am liebsten hätte ich den Zeigefinger erhoben, um meine Drohung zu betonen, aber wegen dieser blöden Fesseln konnte ich mich ja nicht rühren.

„Da irrst du dich", informierte mich Thompson. Dann hielt er die Kamera hoch und drückte auf den

Auslöser. Der Blitz blendete mich, und eine Sekunde später wurde das Bild ausgeworfen.

Kurz darauf zeichneten sich Schemen auf dem milchigen Film ab, und wie vermutet sah meine Nase definitiv gebrochen aus. Blut klebte an meinem Kinn, und alles in allem bot ich einen jämmerlichen Eindruck, als hätte ich bereits aufgegeben, aber das stimmte natürlich nicht. Ich würde kämpfen und irgendwie aus der Sache herauskommen. Ich musste das einfach schaffen. Schließlich gewinnen am Ende doch immer die Guten, oder etwa nicht?

„Nettes Foto." Ich zwang mich zu einem Lächeln und hoffte, unerschrocken zu wirken. „Das würde ich mir glatt einrahmen."

„Halt die Klappe", rief Denise und gab mir einen Klaps auf den Hinterkopf. „Wir geben hier den Ton an, nicht du." Als ob ich das vergessen hätte.

Ich drehte den Kopf zur Seite, weil ich Thompson nicht mehr sehen konnte. Er stand an der Tür und zog sich die Jacke an. Wohin auch immer er ging, ich war froh darüber, denn so müsste ich nur noch mit Denise fertigwerden.

Wir schwiegen alle, und dann verschwand er mit dem Foto in der Hand nach draußen. Denise setzte sich neben mich auf den Schreibtisch, schlug die

Beine übereinander und beobachtete mich argwöhnisch.

„Ich wette, du fragst dich, wo er hin ist." Sie grinste mich an und ließ sich Zeit, bevor sie weitersprach. „Jetzt wird es richtig spannend, meine Liebe. Wenn wir jetzt nur den Hund hätten, würde das vielleicht nicht reichen, um Dennison zum Rücktritt zu bewegen, aber du bist unser Joker. Es wird ihm gar nichts anderes übrigbleiben, als sein Amt niederzulegen. Also danke, dass du uns so perfekt in die Karten gespielt hast."

„Was haben Sie vor?", presste ich zwischen zusammengebissenen Zähnen hervor. „Wollen Sie ihn damit erpressen, mich umzubringen, wenn er nicht zurücktritt?"

„O nein, das könnte uns zu sehr in die Bredouille bringen." Denise holte tief Luft, dann senkte sie den Blick und sah mir direkt in die Augen. „Wir werden damit drohen, dich zu töten, falls er nicht seinen Hut nimmt, und wenn er es dann getan hat, werden wir uns deiner trotzdem entledigen."

Sie hielt inne, und mir lief ein Schauer über den Rücken. Sie meinte es ernst, das konnte ich ihr ansehen. „Also komme ich so oder so nicht lebend aus dieser Sache raus", fasste ich zusammen, was sie mir gerade eröffnet hatte.

„So sieht's aus", antwortete sie kalt. Dann stand sie auf und zuckte vor Schmerz zusammen. Meine Augen wanderten nach unten, und mir fiel auf, dass ihre Hose an einer Stelle zerrissen war und blutige Flecken aufwies.

Sie bemerkte meinen Blick und hob das Hosenbein hoch, um mir eine hässliche Wunde auf ihrer bleichen Haut zu zeigen. „Dein dummer Hund hat mich echt übel erwischt, das blöde Vieh."

Insgeheim freute ich mich, dass er Denise gebissen hatte, und beobachtete, wie sie durch die Hütte humpelte. Vielleicht hätte ich dadurch eher eine Chance gegen sie, wenn ich nur diese Fesseln loskriegen könnte, bevor Mr. Thompson zurückkehrte.

„Ah, das sollte helfen", sagte Denise erfreut. Ich musste mich ein wenig auf dem Drehstuhl verrenken, um zu sehen, wie sie eine Flasche Glenlivet aus einer Vitrine nahm. „Der ist in der Tat perfekt." Mit der Flasche in der einen und einem großen Whiskyglas in der anderen Hand ließ sie sich auf dem Sessel am Feuer nieder.

„Willst du auch einen?", fragte sie mit einem verächtlichen Lachen, während sie ihr Glas füllte und den ersten Schluck trank. „Das ist mal ein Schmerzmittel nach meinem Geschmack", sagte sie mit einem zufriedenen Seufzer.

Ich könnte auch ein Schmerzmittel gebrauchen, aber was ich noch dringender brauchte, war eine Möglichkeit, Denise auszutricksen. Wenn sie genug von ihrer selbstverordneten Medizin trank, würde ihr Reaktionsvermögen nachlassen, aber ich musste unbedingt einen klaren Kopf bewahren, um mein Leben zu retten.

Sie schenkte sich einen weiteren Whisky ein und genoss ihn in kleinen, bedächtigen Schlucken. „Du bist wirklich eine Plage, Russo, ich habe dich noch nie so gehasst wie jetzt", eröffnete sie mir. „Mein Mann war immer überzeugt, du wärst zu nichts zu gebrauchen, schon bevor die Senatorin auf so tragische Weise starb. Und auch ich habe gleich gewusst, dass du einfach ein kleines, dummes Ding bist." Sie zuckte mit den Schultern und leerte ihr Glas in einem Zug.

Ich ließ das an mir abprallen und überlegte stattdessen, was ich tun sollte. Wenn ich sie dazu bewegen konnte, weiterzuerzählen, würde sie womöglich auch weiter trinken. Und der sicherste Weg, ein Gespräch in Gang zu halten, war natürlich, die andere Person dazu zu bringen, über sich selbst zu sprechen.

„Es muss hart sein, wenn der eigene Mann verurteilt wird und ins Gefängnis wandert."

Wieder zuckte sie mit den Schultern. „Er hat keine große Strafe bekommen. Aber ja, es war nicht leicht, sich der Öffentlichkeit zu stellen. Der Prozess hat viel Aufmerksamkeit erregt."

„Und deshalb müssen Sie jetzt dafür sorgen, dass Sie nicht wieder in eine solche Bredouille geraten. Damit es keinen Grund gibt, Sie infrage zu stellen. Das wäre ja sehr unangenehm, zumal Sie demnächst selbst zur Wahl antreten wollen."

Sie zeigte auf mich und schnalzte mit der Zunge. „Du bist definitiv schlauer, als ich dachte, das muss ich dir lassen."

Ich sah zu, wie sie sich zum dritten Mal einschenkte, und lächelte in mich hinein, ohne etwas darauf zu erwidern. Ja, ich war definitiv schlauer, als sie dachte. Aber war ich auch clever genug, um aus dieser heiklen Situation lebend herauszukommen?

16

Denise trank noch einen Schluck und betrachtete dann stirnrunzelnd die Flasche Scotch. „Nicht mehr viel übrig. Ich hätte mir wohl etwas mehr Zeit lassen sollen", meinte sie seufzend.

„Was machen Ihre Schmerzen?", erkundigte ich mich gespielt freundlich und hoffte, sie würde mir nichts anmerken.

Meine beschwipste Entführerin zog ihr Hosenbein hoch und bewegte ihren Knöchel hin und her. „Jetzt spüre ich das gar nicht mehr", sagte sie heiter. „Ein guter Whisky ist besser als jede Tablette, ich sag's dir."

Ich beschloss, ein riskantes Manöver zu versuchen, obwohl die Wahrscheinlichkeit, dass sie sich darauf einließ, wohl eher gering war. Aber wenn doch …

„Jetzt, wo es Ihnen etwas besser geht, würden Sie mich denn vielleicht losbinden?", fragte ich mit einem unschuldigen Lächeln.

Denise schüttelte den Kopf und knallte ihr Trinkglas auf den Beistelltisch „Dich losbinden? Für wie blöd hältst du mich? Er hat gesagt, ich soll dich so da sitzen lassen, bis er wiederkommt."

„Aber wer hat hier denn das Sagen?", entgegnete ich. „Ich kann ihn nirgends sehen. Sie etwa?"

Sie sog scharf die Luft durch die Zähne ein. „Nein, das geht nicht, und hör auf, mich auszutricksen. Du denkst, nur weil ich ein paar Drinks intus habe, könnte ich nicht mehr …" Sie verstummte, weil plötzlich ein lautes Geräusch an der Tür ihre Aufmerksamkeit erregte.

Marco stand da, jaulte und kratzte ungeduldig am Türrahmen.

„Was ist los, Junge?", fragte ich, und ein Funken Hoffnung keimte in mir auf. „Du musst mal dringend, nicht wahr?"

Ich wandte mich wieder an Denise und sagte: „Wenn du mich losbindest, kann ich mit ihm …"

„Auf keinen Fall!", rief sie. „Ich mache das, ich gehe mit ihm raus."

Sie drehte sich um und blickte suchend umher. „Hier muss doch irgendwo eine Leine sein, oder? Hast du sie gesehen?"

Ich schüttelte den Kopf und beobachtete, wie Denise immer frustrierter wurde, da ihre Suche erfolglos blieb. Daher probierte ich erneut, sie zu überlisten: „Ich glaube, das Seil an meinen Händen würde sich gut als Leine eignen. Wenn Sie mich losmachen, könnten Sie das nehmen ..."

„Nein." Sie trat gegen meinen Stuhl. „Hör auf, darum zu bitten, losgebunden zu werden. Das kannst du vergessen."

„Und was, wenn ich selbst auf die Toilette muss?", fragte ich in einem letzten verzweifelten Versuch, von meinen Fesseln befreit zu werden.

„Wenn du auf die Toilette musst", sagte Denise mit einem gehässigen Kichern, „musst du dir wohl in die Hose machen."

„Igitt", murmelte ich. Dank Cujo und seiner speziellen Methode, Marco aufzuspüren, hatte ich heute schon genug über Pipi gehört. Und in einer von mir selbst verursachten Pfütze zu sitzen, während ich auf den Tod wartete, war wirklich das Letzte, was ich wollte.

Marco jammerte erneut, wirbelte wie wild im Kreis herum und bettelte darum, nach draußen gelassen zu werden. „Ich muss raus! Ich muss groß!", bellte er. „Ich kann es nicht mehr lange halten, und wenn ich hier auf den Teppich mache, bekomme ich großen Ärger. Bitte! Ihr müsst mich rauslassen!"

Ich blickte zu Denise und wusste, dass sie Marcos Verzweiflung erkannt hatte, auch ohne seine genauen Worte zu verstehen.

„Also schön, du blöder Köter", sagte sie, packte ihn am Halsband und führte ihn ohne Leine hinaus.

Ich beobachtete durch das zerbrochene Fenster, wie Marco draußen herumschnüffelte, Denise dicht an seiner Seite. Es dauerte nicht lange, bis er einen Platz gefunden hatte und sich halb hockend hinstellte, wobei er den Rücken unförmig aufwölbte.

Denise ließ ihn los und trat angewidert einen großen Schritt zurück. Das war meine Chance.

„Marco!", schrie ich. „Lauf los und hol Hilfe!"

Denise schien meine Absichten sofort zu checken, auch wenn sie nicht wusste, dass ich mit Tieren sprechen konnte, und blickte erbost zu mir herüber.

Auch der Golden Retriever starrte mich an, während er sein Geschäft verrichtete. Erst als er fertig war, antwortete er endlich: „Warum das denn? Wir haben doch alles, was wir brauchen, in der Hütte. Es ist ein schöner Ort für eine kleine Auszeit."

Denise packte ihn wieder am Halsband und zog ihn durch die Tür zurück in die Hütte.

„Das war wirklich dumm von dir", zischte sie mir zu. „Mach so was noch einmal, dann werden wir dein letztes Stündlein vorzeitig einläuten."

„Was? Du willst mich jetzt schon töten?", erwiderte ich spöttisch.

„Du hast es erfasst", geiferte sie. „Wie dem auch sei, dieser dumme Hund wird dir nicht helfen, darauf kannst du lange warten."

„Was macht Sie da so sicher?", sagte ich herausfordernd und hob eine Augenbraue.

Denise nahm eine Tüte Beef Snacks vom Kaminsims. Ich erinnerte mich deutlich daran, dass der Bürgermeister gesagt hatte, Marco bekäme nur eine bestimmte Sorte vegetarischer Leckerlis, also mussten die Thompsons sie mitgebracht haben.

Marco stand sofort stramm und klopfte erwartungsvoll mit dem Schwanz auf den Boden. „Ohhh! Leckerlis! Mit Fleisch! Ich liebe Fleisch-Snacks! Ich habe schon seit Jahren keine mehr bekommen, gefühlt seit mindestens hundert Jahren. Kann ich was davon haben? Oh, bitte, bitte, bitte."

Er leckte sich die Schnauze, als Denise einen Brocken aus der Tüte zog.

„Mach mal was, sitz oder so", wies sie ihn an.

Offensichtlich hatte sie nicht viel Erfahrung mit Hunden. Der Retriever bellte, drehte sich im Kreis, gab Pfötchen, setzte sich, legte sich hin, krabbelte über den Boden und vollführte eine Rolle. Denise lachte und warf ihm ein Leckerli zu. Er fing es mit Leichtigkeit auf und schluckte es sofort hinunter.

„Kann ich noch eins?", fragte er und spulte die Tricks, die er konnte, ein zweites Mal ab. Denise gab ihm einen weiteren Snack und stellte die Tüte zurück auf den Kaminsims.

„Siehst du?", meinte sie dann an mich gewandt und grinste mich selbstgefällig an. „Wer die Leckerlis hat, auf den hört auch der Hund, besonders ein so dicker, verfressener."

Ich war froh, dass Marco ihre Beleidigungen nicht verstehen konnte. Es war ohnehin schon alles schlimm genug.

Denise kehrte zu dem bequemen Sessel am Kamin zurück, und Marco folgte ihr dicht auf den Fersen. Er hechelte und starrte sie liebevoll an, während sie sich noch einen Scotch einschenkte und die Flasche damit vollständig leerte. „Schade", bemerkte sie und schwenkte den letzten Rest des Whiskys bedächtig in ihrem Glas.

Der Retriever gab das Warten auf und ließ sich mit einem Seufzer zu ihren Füßen nieder. Mir gingen langsam die Ideen aus, was ich noch versuchen könnte. Viel Zeit blieb mir nicht mehr, denn bald würde die Wirkung des Alkohols wieder nachlassen, was jegliche Fluchtversuche erheblich erschweren würde.

In diesem Moment fragte ich mich, was Octocat wohl an meiner Stelle tun würde. Im Angesicht des Todes berief ich mich auf die Weisheit meines sprechenden Katers und Detektivpartners. Er würde eine derartige Peinigung und Demütigung nicht einfach so hinnehmen, da war ich mir sicher. Nicht sicher war ich mir jedoch, wie er mit der Situation umgehen würde, wenn er jetzt hier säße. Ach, wäre er doch bloß hier. Meine Überlebenschancen ständen wahrscheinlich um einiges besser, wenn er mich heute begleitet hätte und nicht Cujo.

Wo war der Husky-Mischling überhaupt? Wohin war er nach dem Angriff verschwunden? Und vor allem: Wo war Grandma? Wusste sie, dass ich mich in Gefahr befand und wie sie mich finden konnte?

Cujo war der Einzige, der mitbekommen hatte, dass ich entführt worden war. Würde er zurückkommen, um mich zu retten? Oder ging er lieber anderen Aufgaben nach, die mehr mit Laufen zu tun hatten? Was könnte ich denn noch versuchen, um mich selbst zu befreien? Es sah nicht gut für mich aus.

Nach einer Weile schreckte mich ein grunzendes Schnarchen von Denise aus meinem verzweifelten inneren Monolog auf. Na großartig. Während ich buchstäblich über meinen Tod nachdachte, schlummerte sie wie ein zufriedenes Baby. Ob sie im Schlaf immer wie eine Dampflok klang, oder lag das an ihrem betrunkenen Zustand?

Ich beobachtete sie ein paar Minuten lang, um mich zu vergewissern, dass sie tatsächlich tief und fest eingeschlafen war, dann begann ich, an dem Seil herumzufummeln. Es saß verdammt eng, und selbst die kleinste Drehung des Handgelenks verursachte enorme Schmerzen.

Doch wenn das die einzige Möglichkeit war, zu entkommen, musste ich tapfer sein und diese aushalten. Ich drehte und wendete mich weiter und biss mir dabei auf die Lippe, um nicht aufzuschreien. Es könnte klappen. Es musste klappen.

Beinahe hatte ich es geschafft, als plötzlich mein Telefon klingelte und mich erstarren ließ. Ich war die ganze Zeit davon ausgegangen, dass ich hier im Wald kein Netz hätte – es geschahen also doch noch Zeichen und Wunder! Wer könnte der Anrufer sein, und würde der- oder diejenige mir helfen können?

17

Leider schien ich mit meiner Annahme, keinen Funkempfang zu haben, doch richtigzuliegen, denn nicht mein Handy hatte geklingelt, sondern das von Denise. Wenn ich das hier lebend überstehen sollte, würde ich definitiv den Telefonanbieter wechseln.

Sie fuhr hoch und griff hektisch nach ihrem Telefon. „Hallo?" Sie lauschte einen Moment und sagte dann: „Warte mal, ich kann dich kaum verstehen. Ich stelle dich auf laut."

Ganz schön blöd, dachte ich bei mir und dankte dem Universum für diese kleine glückliche Fügung.

„Kannst du mich jetzt hören?", ertönte Mr. Thompsons Stimme klar und deutlich.

„Ja, das ist besser", antwortete Denise mit einem erleichterten Seufzer. „Was hast du eben gesagt?"

Ich tat so, als ob ich nicht zuhören würde und schaute aus dem Fenster, doch in Wirklichkeit lauschte ich auf jedes Wort.

„Wir hatten wirklich Schwein, dass uns Russo in die Arme gelaufen ist", meinte Thompson am anderen Ende der Leitung. „Dennison hat bereits zugestimmt, zurückzutreten, wenn wir die Kleine gehen lassen."

„Das ist der Deal?", fragte Denise, die immer noch ein wenig lallte.

„Nein, das habe ich bewusst nicht so konkret formuliert", fügte Thompson hinzu und lachte barbarisch. Denise stimmte mit ein, aber ihr Lachen wirkte aufgesetzt. Deutete das möglicherweise auf einen Sinneswandel bei ihr hin? Ich konnte es nur hoffen.

Thompson fuhr fort: „Er wird in den Fünf-Uhr-Nachrichten live seinen Rücktritt erklären. Eine letzte kurze Show, und dann kommt der große Knall", grölte er und legte eine unheimliche Betonung auf das letzte Wort. Denise wirkte auf einmal zappelig und angespannt.

„Du hast die Knarre, ja?", fragte er nach einer kurzen Pause.

„Ja", bestätige sie und stand leise auf. „Ich trage

sie die ganze Zeit bei mir." Sie begann, in der Hütte nach etwas zu suchen, vermutlich nach der erwähnten Waffe.

„Gut. Behalte sie bei dir, falls das Mädel aufmüpfig wird. Bei der kann man nie wissen." Thompson hielt inne, doch seine Frau erwiderte nichts, sondern setzte ihre fieberhafte Suche fort.

„Ich werde in der Nähe bleiben und Wache halten", informierte er seine Komplizin. „Nur für den Fall, dass dieser Dummkopf Dennison versucht, jemanden um Hilfe zu bitten. Ich habe ihm bereits damit gedroht, die vorgetäuschte Entführung seines Hundes publik zu machen, aber ich würde es ihm zutrauen, dass er uns hintergeht, der Narr. Apropos, behalte die Tür gut im Auge. Er könnte versuchen, sich in die Hütte zurückzuschleichen, um den Hund zu holen, und wenn er das tut …"

Denise beendete seinen Satz: „Werde ich ihm die Knarre unter die Nase halten."

„Braves Mädchen", sagte Thompson, was mich ziemlich irritierte. Was war das denn für eine Art, mit seiner Frau zu sprechen? Sie tauschten ein kurzes „Liebe dich" aus, bevor sie sich verabschiedeten.

Kurz darauf fand Denise schließlich die versteckte Waffe und zog sie hervor. Sie hob die Pistole, eine Halbautomatik, hoch und betrachtete sie. „Ich hatte gehofft, dass wir keine Gewalt anwenden müssten", sagte sie.

Ha-ha, wie witzig. Offenbar war sie sich nicht bewusst, wie ironisch das klang. Nicht nur hatten sie mich körperlich angegriffen und hierher verschleppt, sondern sie wollten mich auch noch heute vor Tagesende ins Jenseits befördern. In der Tat, kein bisschen gewalttätig.

„Sie müssen nicht tun, was er fordert, das wissen Sie doch, oder?", flüsterte ich ihr zu, in der Hoffnung, mich irgendwie mit ihr verbünden zu können. „Nur weil er der Mann ist, hat er noch lange nicht das Sagen."

„Natürlich hat er das Sagen", antwortete Denise und schüttelte entschieden den Kopf. „Das war schon immer so, aber es macht mir nichts aus."

„Ach so, ja dann", pflichtete ich ihr bei.

Kurze Zeit später versuchte ich eine andere Taktik. „Erzählen Sie mir von Ihren Kindern", schlug ich vor. Die Söhne der Thompsons mussten ungefähr in meinem Alter sein. Wenn ich sie dazu bringen könnte, das zu erkennen, würde sie vielleicht Mitleid mit mir bekommen. Das könnte meine Rettung sein.

An Mr. Thompsons Sinn für Menschlichkeit zu appellieren, hatte keinen Zweck, das brauchte ich nicht mehr zu versuchen. Er hatte mir bereits klargemacht, dass mein letztes Stündlein schlagen würde, wenn er zurückkäme. Aber Denise ... Bei ihr hatte ich noch Hoffnung.

„Die Jungs sind beide Anwälte, wie ihr Vater, nur schade, dass sie nach dem College aus Maine weggezogen sind." Dann schwärmte von ihren Sprösslingen und berichtete mir von deren zahlreichen beeindruckenden Erfolgen. Währenddessen schienen ihre Augenlider immer schwerer zu werden.

Ja, gut so. Wenn es mir gelang, sie noch ein bisschen schläfriger zu machen, könnte ich eine Chance haben. „Jetzt, da Sie mir von Ihren tollen Söhnen erzählt haben", sagte ich, wobei ich versuchte, mit einer möglichst sonoren, monotonen Stimme zu sprechen, „möchte ich Ihnen auch ein wenig über meine Familie berichten. Also, zuerst wäre da meine liebe Grandma ..." Ich beschrieb ihr meiner Großmutter mit allen Facetten und zählte jedes einzelne Hobby auf, für das sie sich jemals auch nur ansatzweise interessiert hatte. Dann kramte ich meine Kindheitserinnerungen an sie hervor und war noch nicht einmal in meiner Highschool-Zeit angelangt, als Denise schon wieder eingenickt war.

Hab tausend Dank, Grandma. In diesem Moment fühlte ich mich ihr sehr nahe, auch wenn sie körperlich nicht anwesend war.

Denise schnarchte schon wieder, also zupfte und zerrte ich erneut an meinen Fesseln, und ein Teil von mir wünschte sich, sie hätte mir ein bisschen von ihrem „Schmerzmittel" dagelassen.

Währenddessen betrachtete ich meine Umgebung: Marco döste friedlich am Feuer. Würde Denise aufwachen, wenn ich versuchte, ihn zu wecken? Würde ich ihn überzeugen können, mir zu helfen? Und selbst wenn, hatte ich trotzdem keine Ahnung, ob ich ihm vertrauen und mich auf ihn verlassen könnte, ganz im Gegensatz zu meinen eigenen Tieren.

Ich wusste einfach nicht, was man von diesem futtergesteuerten Wauwau erwarten konnte, zumal er von einem Besitzer mit äußerst fragwürdigen Moralvorstellungen aufgezogen worden war. Ergo war ich wohl auf mich allein gestellt.

Allein gegen Denise, die eine Pistole besaß. Ich könnte vielleicht die leere Flasche zerschlagen und als Waffe benutzen. Und die Hundeleckerlis auf dem Kamin könnten mir helfen, den Golden Retriever auf meine Seite zu ziehen.

Und dann fiel mein Blick auf die Scherben des Fensters, die nach wie vor auf dem Boden verstreut lagen. Könnte ich es schaffen, mich in meinem Stuhl weit genug zurückzulehnen, eine zu ergreifen und damit meine Fesseln durchzuschneiden, ohne dass ich umkippte? Ja, das war meine einzige und letzte Chance. Ich musste es nur ganz langsam angehen und auf ein bisschen Glück hoffen.

Mit den Spitzen meiner Stiefel schob ich mich auf dem Drehstuhl zurück, wobei besonders der Teppich eine echte Herausforderung darstellte. Schließlich war ich nahe genug an die Wand herangerückt, um mich daran abzustützen, und betete, dass es reichen würde. Wenn ich das Gleichgewicht verlor und mit dem Stuhl zu Boden stürzte, würde Denise mit Sicherheit aufwachen – und wenn sie erkannte, was ich vorhatte, wäre ich erledigt.

Vielleicht würde sie sogar Thompson anrufen, damit der die mörderischen Pläne der beiden sofort in die Tat umsetzte. Scheiße, es sah wirklich nicht gut für mich aus.

Ich drückte mich mit den Zehen ab, lehnte mich so weit wie möglich zurück und versuchte, mit den Fingern den Boden zu berühren. Es klappte nicht. Ich kriegte keine der Glasscherben zu fassen. Ich musste noch weiter runter, also testete vorsichtig, wie ich es am besten anstellen könnte. Oh, hoffentlich, hoffentlich.

Nach einer gefühlten Ewigkeit, in der ich hin und her manövrierte, um den idealen Move zu finden, beschloss ich, es zu wagen. Ich atmete mehrmals tief durch und zwang mich, meine volle Konzentration auf mein Vorhaben zu richten. Schließlich ging um Leben und Tod – und ich brauchte nicht zu überlegen, was ich bevorzugte.

Ich schloss die Augen, lehnte mich zurück und öffnete sie erst wieder, als ich spürte, wie meine Fingerspitzen die Holzdielen berührten. In diesem Moment krachte eine massige Gestalt durchs Fenster, landete direkt auf meiner Brust und drückte mich zu Boden, mitten in die Glasscherben, die mir in die Hände schnitten. Das laute Geräusch ließ Denise aufspringen.

Was hatte mich da gerade angegriffen? War Thompson schon zurück? Würde ich jetzt sterben? O Gott, was würde jetzt geschehen?

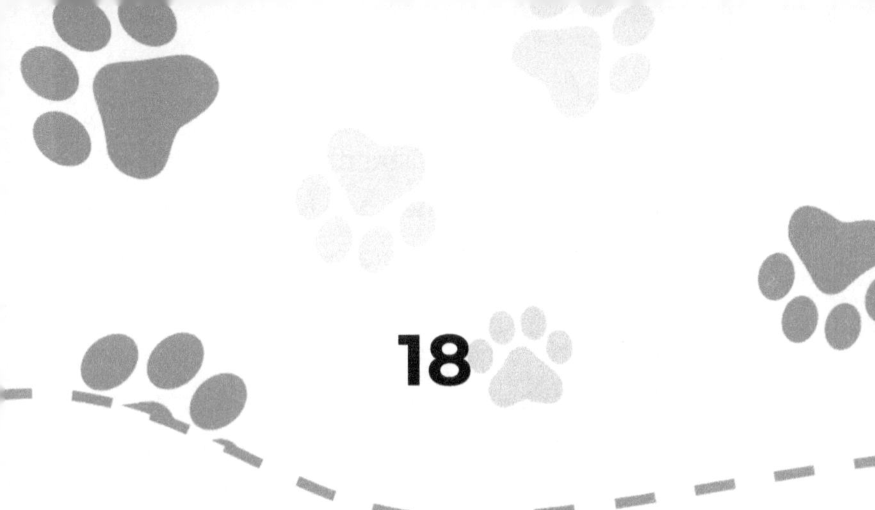

18

Denise schrie und wurde kreideweiß vor Angst. „Raus! Raus hier!", kreischte sie, rannte in die hinterste Ecke der Hütte und drückte sich flach an die Wand.

„Ach du Schreck, was ist los mit ihr?", rief eine mir sehr bekannte Stimme. Pringle! Er hüpfte von meiner Brust auf den Boden. Oh, ich war noch nie in meinem Leben so froh gewesen, diesen verrückten Waschbären zu sehen.

„Was machst du hier?", schluchzte ich. Tränen der Erleichterung liefen mir über die Wangen. „Woher wusstest du, wo ich bin, wie hast du mich gefunden?"

„Genug der Fragen", sagte der Waschbär mit grüblerischem Gesichtsausdruck und tippte sich mit dem Zeigefinger ans Kinn. Daraufhin wartete ich still ab, dass er mir gleich seinen Masterplan enthüllen würde, also nein, ich betete verzweifelt, dass er überhaupt einen hatte.

Denise zitterte und heulte weiterhin in ihrer Ecke, und deshalb merkte sie erst zu spät, dass sie bei ihrer jähen Flucht vor dem Waschbären die Pistole zurückgelassen hatte. Wir blickten beide auf die Waffe hinunter, dann trafen sich unsere Blicke.

Pringle schob gemächlich die Glasscherben mit seinen Füßen beiseite, um sich einen Weg freizuschaufeln. Er schien es nicht besonders eilig zu haben.

„Ich will dich ja wirklich nicht hetzen", flüsterte ich ihm zu, „aber ich wüsste schon gern, was ich jetzt machen soll. Was hast du vor?"

In dem Moment war es mir egal, dass ich direkt vor Denise' Augen mit ihm sprach, obwohl ich sonst immer sehr darauf bedacht war, dass niemand von meinem seltsamen Geheimnis erfuhr. Aber lieber enthüllte ich es, als qualvoll zu sterben. Sollte sie mich doch für einen Freak halten.

„Warum sprichst du mit diesem Viech?", kreischte meine Entführerin und stieß einen schrillen Schrei aus. „Es muss hier raus!"

Pringle holte tief Luft, sein pelziger Körper

zitterte, und ich sah ihm an, wie schwer es ihm fiel, ruhig zu bleiben. „Bitte sag der Dame, dass sie mich nicht als ‚es‘ bezeichnen soll“, schnaubte er empört. „Ich bin doch kein Horrorclown.“

Ich hätte gelacht, wäre ich nicht so in Panik gewesen, und so übermittelte ich Denise seine Worte mit ausdrucksloser Miene: „Er mag es nicht, wenn Sie ihn so nennen. Sein Name ist Pringle, und er ist ein Junge.“

Er brummte verärgert, dann korrigierte er mich. „Ich bin ein Mann, kein Junge, ja!“

„Er ist ein Mann“, übersetzte ich tonlos. Denise starrte uns beide mit großen Augen ungläubig an. Es sah so aus, als wollte sie etwas sagen, aber sie brachte nur ein kurzes Krächzen hervor.

„Wie auch immer“, fuhr der kleine Schlawiner fort. „Ein riesiger Hund ist vor dem Haus aufgetaucht. Er hechelte aufgeregt und sagte, du wärst entführt worden. Da wusste ich sofort, dass nur ich dich retten könnte.“

Ich nickte anerkennend, und wenn ich nicht noch an den Stuhl gefesselt gewesen wäre, hätte ich ihn umarmt.

„Er hat mich durch die Wälder hergeführt, und jetzt bin ich hier. Du hast mich sicher schon vermisst, oder?" Er lächelte und entblößte dabei seine spitzen Eckzähne.

„Und wie, du glaubst nicht, wie sehr", sagte ich, auch wenn ich mich nicht direkt nach ihm gesehnt hatte, aber das spielte jetzt keine Rolle. Ich würde Pringle nie wieder dafür bestrafen, wenn er ins Haus kam. Und nicht nur das, ich würde ihn mit Futter zuschütten – Fancy Feast, Delicious Delights oder was auch immer. Außerdem würde er eine dicke Belohnung bekommen, ganz gleich, was er forderte.

„Ich bin so froh, dass du gekommen bist", raunte ich ihm zu. „Sie haben vor, mich zu töten."

„Oha, das ist aber schon etwas extrem", merkte der Waschbär an, wandte sich Denise zu und ging flott einige Schritte auf sie zu.

Sie drückte sich gegen die Wand, immer noch wie gelähmt vor Angst.

„Willst du wirklich meine Nachbarin umbringen?", fragte er, kniff die Augen zusammen und musterte sie. „Das ist aber nicht sehr nett!"

Nicht sehr nett? Seit wann drückte sich Pringle wie die kleine Paisley aus? Ich persönlich hätte deutlich härtere Worte verwendet, um die abscheulichen Pläne der Thompsons zu beschreiben, aber jetzt musste ich ihnen erst einmal entkommen.

„Könntest du mich vielleicht losbinden, Pringle?"

Ich durfte nicht riskieren, dass Denise sich gleich die Waffe schnappte, wenn sie sich wieder eingekriegt hatte. Nein, ich musste in der Lage zu sein, um mein Leben zu kämpfen, wenn es hart auf hart kam. Und dieser Augenblick würde kommen, das wusste ich.

„Du bist ganz schön ungeduldig, weißt du das?", gab er mit seiner typischen nasalen Stimme zurück. Dann hoppelte er zu mir herüber, nahm eine größere Glasscherbe und begann, an meinen Fesseln zu sägen.

„Ich könnte jetzt wirklich eine kleine Verschnaufpause gebrauchen. Weißt du, wie weit ich laufen musste, um hierherzukommen? Undankbare Menschen ..." Er stieß ein Schnaufen aus, und während er an dem Seil herumwerkelte, plapperte er vor sich hin, ob zu sich selbst oder zu mir, war mir nicht klar.

„Jedenfalls bin ich gerannt ohne Ende. Weißt du, wie tief der Schnee da draußen ist? Und der Hund hat ständig etwas von Pipi gefaselt. Hunde, sag ich dir. Was für seltsame Kreaturen."

In diesem Moment wachte Marco auf und erhob sich von seinem Platz neben dem Sessel. Komisch, dass ihn der Tumult nicht schon früher geweckt hatte.

„Na super. Da ist ja noch einer von der Sorte",

stöhnte Pringle. „Hat man vor denen denn nirgends seine Ruhe?"

„Apropos, wo ist Cujo?", fragte ich und spürte, wie sich die Seile an meinen Handgelenken allmählich lösten.

„Keine Ahnung", antwortete er und hantierte weiter. „Er hat mich in die Nähe der Hütte gebracht, bis ich dich selbst riechen konnte. Dann trennten sich unsere Wege. Er meinte, er würde jetzt gehen, sein Job sei erledigt, und er sei ein guter Junge. Da stand ich also allein und dachte mir, wo ich schon mal da bin, kann ich mir das auch genauer ansehen. Also, was ist hier eigentlich los?"

Ich schluckte einen Seufzer hinunter. Ich durfte nicht undankbar erscheinen. Nicht jetzt.

„Sie haben mich entführt und erpressen den Bürgermeister, damit er sein Amt niederlegt. Danach wollen sie mich ermorden", fasste ich zusammen und erschrak innerlich darüber, wie furchtbar das klang und vor allem, dass es Tatsache war.

„Wenn der Bürgermeister nicht zurücktritt, werden sie dich also töten?", fragte Pringle, zerrte an dem Seil und bemühte sich weiter, es zu zerschneiden.

„Eigentlich haben sie das so oder so vor."

„Wow. Ich kann diese Frau wirklich nicht leiden.

Ist es okay, wenn ich sie beiße? Ihr vielleicht eine kleine Tollwut verpasse?"

„Pringle, du hast doch gar keine Tollwut", schimpfte ich kichernd. So viel zum Thema Klischees. „Aber ja, von mir aus kannst du sie beißen."

„Wunderbar", sagte er und sägte ein letztes Mal an den Seilen, die sich daraufhin lösten. Ich streckte die Hände nach vorne und rieb mir die wunden Handgelenke. Frei! Das fühlte sich so gut an.

Jetzt musste ich nur noch ... O nein. Denise hatte offenbar ihre Starre überwunden und eilte auf die Waffe zu. Ich hechtete durch den Raum, wusste aber bereits, dass ich verloren hatte.

19

ch erreichte die Waffe nicht als Erste, Denise aber ebenso wenig. Pringle stand auf dem Beistelltisch und drückte die Pistole an seine Brust, als wäre sie ein hilfloses Baby. Bei seiner Größe sah das Ding allerdings eher wie ein mächtiges Gewehr aus.

„Wow, schaut her! Ich bin der Terminator!" Er wirbelte mit der Handfeuerwaffe herum und richtete sie auf den Kamin. „Ich komme wieder, Baby! Hasta la pasta!"

Mein Herz pochte wie wild. Es war zwar gut, dass Denise die Pistole nicht erwischt hatte, aber in Pringles Pfoten war sie genauso gefährlich. „Leg die Waffe weg", flehte ich ihn an, wagte es jedoch nicht, ihn zu bitten, sie mir direkt zu geben.

„Wieso sollte ich sie weglegen? Ich habe sie doch gerade erst ergattert! Das ist der absolute Wahnsinn! Mal im Ernst, sehe ich nicht voll cool damit aus?" Er kniff ein Auge zu, und seine pelzigen Finger betätigten den Abzug. Im selben Augenblick schrie ich „Runter!" und warf mich auf den Boden. Er hatte auf den steinernen Kamin gezielt, wo die Kugel abprallte und als Querschläger ein weiteres Fenster zerschmetterte.

Denise bekam Schnappatmung, und wenn ich mir nicht sicher gewesen wäre, dass das Geschoss irgendwo draußen im Schnee gelandet sein musste, hätte ich befürchtet, dass sie getroffen worden war. Aber sie hatte wohl lediglich eine Panikattacke.

Im Gegensatz zu meiner Entführerin war ich schon oft in gefährliche Situationen geraten – zwar noch nie mit einem bewaffneten Waschbären, aber immerhin.

Ich stemmte mich hoch und stand auf, was ziemlich wehtat, besonders an den Handgelenken, aber ich ignorierte den Schmerz.

Pringle starrte fasziniert in den Pistolenlauf, als ob er herausfinden wollte, wie sich der Schuss gerade gelöst hatte. Wenn ich jetzt versuchte, ihm die Knarre wegzunehmen, würde sie wahrscheinlich wieder losgehen. Ich musste ihm das ausreden, aber vorher würde ich noch etwas anderes tun.

Als Denise nach vorn gestürzt war, um die Waffe an sich zu nehmen, hatte sie ihr anderes wertvolles Hilfsmittel vergessen – ihr Mobiltelefon, von dem ich wusste, dass es hier draußen funktionierte. Ich schnappte es mir vom Tisch und wählte den Notruf.

„Was machst du da?", kreischte Denise. „Nein!"

„Notfallzentrale", meldete sich eine weibliche Stimme am anderen Ende der Leitung, „wie kann ich helfen?" Aber bevor ich antworten konnte, fiel ein weiterer Schuss. Denise schrie auf, und ich wirbelte herum, damit rechnend, dort entweder eine tote Frau oder einen toten Waschbären zu erblicken.

Verblüfft stellte ich jedoch fest, dass beides nicht der Fall war. Stattdessen hatte der Golden Retriever sich auf Pringle gestürzt und dem Waschbären die Pistole aus den Pfoten gerissen. „Waffen gehören nur in die Hände von Jägern", grollte er und fletschte die Zähne.

Ich hatte noch nie einen Retriever gesehen, der so bedrohlich aussah. Offenbar brauchte es mindestens einen leicht durchgeknallten Waschbären mit einer Waffe, um ihn in einen Angriffsmodus zu versetzen.

Marco knurrte, wobei sich die langen, sandfarbenen Haare auf seinem Rücken aufstellten. Denise hyperventilierte immer noch und schluchzte vor sich hin. Pringle starrte den viel größeren Hund, der ihn mit den Pfoten zu Boden drückte, entsetzt an. „Du wirst mich doch nicht töten, oder? Hör mal, ich bin einer von den Guten, das kannst du mir glauben", flehte er den Retriever an und zeigte ihm sein schönstes Zahnfleischlächeln, was der Hund jedoch als Drohung auffasste. Er bäumte sich auf und stürzte sich auf Pringles Kehle. *Nein!*

Was dann folgte, war ein fulminantes Krachen, und eine weitere pelzige Gestalt kam durchs Fenster gedonnert. Diesmal war es Cujo, und er sah wütend aus.

„Es war also dein Pipi, das ich gerochen habe", sagte er zu dem Retriever. „Ich hätte wissen müssen, dass du ein Nichtsnutz bist ..."

„Schnauze!", grollte Marco. „Ich bin der Hund des Bürgermeisters von Glendale, und so lasse ich nicht mit mir reden!"

„Lass den Waschbären los. Er ist kein Bösewicht, sondern ein Held!"

„Warum hat er dann eine Waffe?"

„Das stimmt, Marco, er hat mich gerettet! Sie ist diejenige, die mich töten wollte!" Ich zeigte auf

Denise, die sich in der Ecke zitternd hin und her wiegte und völlig ungefährlich aussah.

„Sie?", erwiderte Marco verwirrt. „Aber sie hat mir Leckerlis gegeben. Zwei Stück! Wie kann sie böse sein?"

„Oh, mein Freund, du musst noch viel über die Menschen und ihre Motive lernen", sagte Cujo kopfschüttelnd. „Komm. Lass uns draußen gemeinsam pinkeln gehen, dann erkläre ich es dir."

Während die Hunde sich umdrehten und zur Tür marschierten, ergriff ich die Gelegenheit und nahm die Waffe an mich. Ja, dieses Mal erreichte ich sie zuerst. Was primär daran lag, dass niemand sonst versuchte, sich ihrer zu bemächtigen.

Pringle lag nach wie vor am Boden, zu geschockt, um sich zu rühren. Soweit ich das beurteilen konnte, hatte Marco ihn nicht verletzt. Doch wahrscheinlich war er noch nie im Leben von einem Hund in den Schwitzkasten genommen worden – sein Stolz war sicherlich verletzt.

Ich leerte das Magazin, damit niemand mehr Unheil damit anrichten konnte.

„Kann ich die wiederhaben?", fragte Pringle und richtete sich langsam auf.

„Ich kaufe dir eine Nerf-Gun, wenn wir zu Hause sind, okay? Die ist viel sicherer, weil da nur weiche

Munition reinkommt. Dann kannst du Zielübungen mit Octocat machen." Mein Kater würde mich umbringen, aber wenigstens hatten die Thompsons es noch nicht geschafft.

Dann ging ich zur Tür, um die Hunde rauszulassen, und öffnete sie sperrangelweit. Obwohl ich mich noch am Morgen dieses Tages über die bittere Kälte beschwert hatte, sog ich jetzt mit einem zufriedenen Seufzer die frische Luft ein. Es war ein gutes Gefühl, am Leben zu sein.

Aber die Gefahr war noch nicht gebannt. Mr. Thompson konnte immer noch jederzeit aus dem Wald auftauchen und mich angreifen …

Apropos Wald: In dem Augenblick kamen drei Leute, darunter Grandma, über die verschneite Lichtung gerannt. Ich lief ihnen entgegen und weinte vor Erleichterung.

Als ich die Arme um meine Großmutter schlang, rief Paisley: „Mami! Ich bin auch hier!" Sie hockte in der Babytrage vor Grandmas Brust, und ich wuschelte ihr liebevoll über den Kopf.

Die beiden anderen Personen waren Officer Bouchard und ein Polizist, den ich nicht kannte. Bouchard kam herüber und legte mir seine große Hand auf die Schulter. „Wir haben Schüsse gehört. Geht es dir gut?"

Ich nickte so heftig, dass mir die Haare ins Gesicht fielen. „Ja. Ja, es geht mir gut. Aber ...“ Mir blieben die Worte im Hals stecken, als ich auf die Hütte deutete.

Beide Polizisten zogen ihre Dienstwaffen und gingen hinein. Grandma griff nach meiner Hand und zerrte mich eilig hinterher. Da ich überall Schmerzen hatte, fiel es mir schwer, Schritt zu halten, doch kurz darauf erreichten auch wir die Hütte. Die beiden Polizisten hatten Denise Thompson bereits Handschellen angelegt und zogen sie auf die Beine.

„Sind Sie diejenige, die meine Enkelin entführt hat?“, fragte meine Großmutter und stampfte direkt auf sie zu.

„Ja, aber ich ...“

Sie baute sich dicht vor ihr auf und holte zu einer vermutlich gesalzenen Ohrfeige aus, doch bevor sie diese ausführen konnte, schrie Denise vor Schmerz auf.

„Aua! Aua, verdammt, das tut weh!“

Grandma drehte sich verwirrt zu mir um, und da bemerkte ich, dass an Paisleys Schnauze ein wenig Blut klebte.

„Die kleine Ratte hat mich in den Busen gebissen!“, schrie Denise und deutete mit ihrem Kinn auf Paisley.

Wir blickten uns an und brachen in Gelächter aus. „Guter Hund!“, riefen wir beide unisono.

„Yay, ich habe geholfen!“, jubelte Paisley, während die Beamten Denise Thompson vom Tatort wegbrachten.

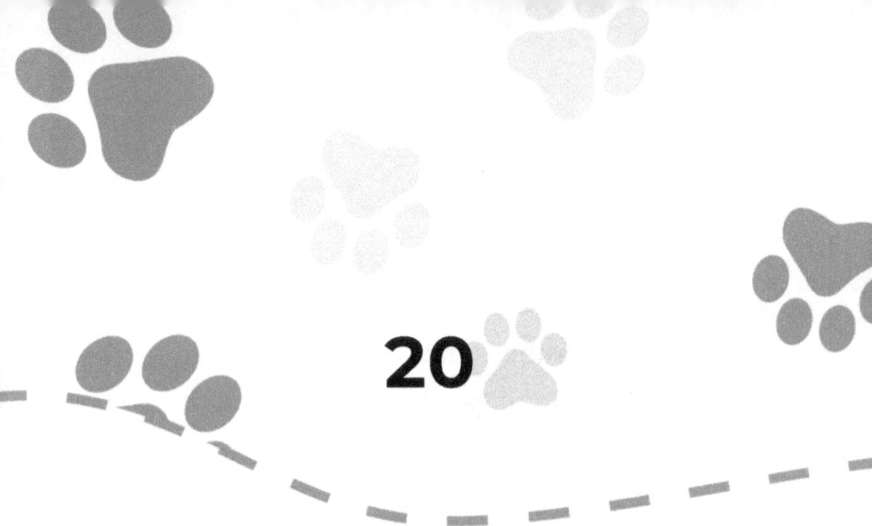

20

Es klingelte an der Tür, und ich beeilte mich, sie zu öffnen, denn ich wartete bereits sehnsüchtig auf meinen Freund Charles.

„Ich habe dir doch schon so oft gesagt, komm einfach rein, wozu hast du denn einen Schlüssel?", neckte ich ihn und schlang meine Arme um seinen Hals, und er gab mir einen Kuss.

„Jetzt hör mir mal gut zu, Miss Doolittle: Wehe, du lässt dich noch einmal von einem ehemaligen Partner meiner Kanzlei beinahe abmurksen", flachste er.

Ich streckte ihm grinsend die Zunge heraus. „Gut, dann halte ich mich zukünftig von meinen Ex-Chefs fern und bleibe beim Juniorchef."

„Wie witzig."

Nicht? Fand ich schon.

Kaum zu glauben, dass die große Bürgermeisteraffäre erst zwei Tagen her war. Die beiden Thompsons saßen inzwischen im Gefängnis und warteten auf ihre Anhörung, und Mark Dennison würde sicher auch nicht ungestraft davonkommen. Seine Publicity-Pläne waren natürlich geplatzt, und er hatte sein Amt niederlegen müssen.

Und ich? Ich konnte endlich meiner Müdigkeit nachgeben und hatte ganze vierundzwanzig Stunden durchgeschlafen, obwohl Octocat ständig vor meiner Tür herumjammerte. Dieser Kerl kann so was von ungeduldig sein. Ich wäre um ein Haar bei dieser Geschichte gestorben, aber das reichte ihm nicht als Entschuldigung.

Und damit wären wir beim heutigen Tag. Grandma und ich hatten Charles und meine Eltern zu einem besonderen Festessen eingeladen, denn Anlässe zu feiern hatten wir jede Menge: Nicht nur hatte ich einen Fall gelöst, der mein erster bezahlter Auftrag gewesen wäre, wenn mein Klient nicht aufgrund meiner Ermittlungen hinter Gittern gelandet wäre, es sollte auch eine Einweihungsparty für Octocats neues Zimmer werden. Und der Ehrengast an diesem Abend war natürlich Pringle – mein Retter und Held des Tages.

Der Kater hatte das Zimmer neben meiner Bibliothek für sich beansprucht. Während ich mich den ganzen Tag im Wald „herumtrieb", wie er meine Nahtoderfahrung zu nennen pflegte, hatte er die Zeit genutzt, um sich über die Einrichtung und Dekoration seines persönlichen Reichs Gedanken zu machen. Als Inspiration dienten ihm dabei einige alte Sitcoms und ein iPad-Spiel namens Matchington Mansion, bei dem es um die perfekte Raumgestaltung ging.

„Die Sofakissen müssen alle unterschiedlich sein, sonst verschwinden sie, und das wollen wir ja nicht", hatte er mich allen Ernstes gewarnt.

Insgeheim fragte ich mich, ob er noch ganz bei Verstand sei, denn er hatte darüber hinaus ein Meerwasseraquarium voller bunter tropischer Fische geplant, das mindestens fünfhundert Liter fassen sollte, und anscheinend auch schon viele Stunden damit zugebracht, sich vorzustellen, wie er seine schuppigen neuen Haustiere verschlingen würde. Er konnte von Glück reden, dass ich mit meinen Tieren besser umging.

„Sind alle da?", zwitscherte Grandma, die in ihrer Lieblingsschürze aus der Küche kam. Es klingelte wieder an der Tür, und meine Eltern kamen eilig herein. Mom stürzte auf mich zu, nahm meinen Kopf in die Hände und drückte mir gefühlt hundert Küsse auf die Wangen.

„Oh, mein Baby!", rief sie aus.

„Ich bin kein Baby", brummte ich und versuchte, mich aus ihrer Umarmung zu befreien.

„Ach Angie, du wirst immer unser Baby bleiben!", rief mein Dad lachend.

Charles legte mir schützend den Arm um die Schulter, denn er wusste, dass ich gleich ausflippen würde, wenn meine Eltern nicht aufhörten, mich derart zu erdrücken.

„Zu Tisch alle miteinander!", rief meine Großmutter. Sie hatte bereits unser bestes Porzellan eingedeckt und dabei jede Hilfe von mir abgelehnt. Ich solle mich lieber ausruhen, hatte sie gesagt.

Jetzt flitzte sie in die Küche, um die Fleischpasteten zu holen. Kurz darauf kehrte sie mit einem großen Tablett zurück, auf dem zahlreiche Küchlein in verschiedenen Größen thronten. Mir lief das Wasser im Mund zusammen.

„Niemand nimmt einen Bissen, bevor nicht unser Ehrengast da ist", warnte sie und zeigte mit dem Finger auf meinen Vater.

„Alles gut, ich bin schon da!", kam es von Octocat, der neben mir auf den Tisch hüpfte.

„Sie meint Pringle", flüsterte ich ihm zu. Jeder in

diesem Raum kannte mein kleines, kostbares Geheimnis, aber es fühlte sich trotzdem immer noch ein wenig seltsam an, so offen mit den Tieren zu sprechen.

„Pringle? Was ist so besonders an diesem Kerl?"

„Er hat mir das Leben gerettet", antwortete ich und zuckte die Achseln.

Mein Tiger schnaubte und leckte an der Teigtasche auf meinem Teller.

„Bah, du bist eklig!", rief ich.

„Keine Sorge", schaltete sich Grandma ein, „ich habe auch für ihn und Paisley welche gebacken. Wir tauschen einfach eure Teller aus. Aber dann kriegt er das mit Hühnchen und du das mit Krabben."

„Ha!", rief ich. Ich persönlich hätte wahrscheinlich lieber die Hühnchenpastete gegessen, aber zu wissen, dass Octocats schlechtes Benehmen ihn um sein Lieblingsessen gebracht hatte, löste doch eine gewisse Schadenfreude in mir aus.

Nebenan surrte die elektronische Haustierklappe, und Pringle kam mit seinem neuen gechipten Halsband hereinstolziert. Jetzt konnte er kommen und gehen, wann immer er wollte. Mir war klar, dass ich das früher oder später bereuen würde, aber immerhin verdankte ich ihm mein Leben.

Alle jubelten und klatschten, und der Waschbär genoss die Aufmerksamkeit sichtlich.

„Sehr schön, wirklich sehr schön", rief er mir zu. „Könntet ihr vielleicht auch noch ein Lied für mich singen?"

„Wie wäre es mit ‚For He's a Jolly Good Fellow'?", schlug ich vor.

Er überlegte kurz. „Ja, das tut's für den Moment, aber fürs nächste Mal solltet ihr euch etwas Heldenhafteres überlegen."

Wir sangen alle für ihn im Chor und verputzten dann Grandmas köstliches Essen. Als wir fertig waren, huschte ich zum Garderobenschrank und holte ein Geschenk heraus, das ich sorgfältig in Papier mit dem Logo der Pringles-Chips eingepackt hatte.

„Oh, das wäre doch nicht nötig gewesen!", rief unser Ehrengast aus. „Hm, oder vielleicht doch ..."

Ratzfatz zerriss er das Geschenkpapier und biss vor Freude in die Schachtel.

„Yay, meine eigene Pistole!", jubelte er.

„Nicht so schnell", ermahnte ich ihn. „Weißt du noch, worüber wir gesprochen haben?"

Er senkte beschämt den Blick. „Waffen sind gefährlich, und ich bin nicht der Terminator."

„Ja, und?"

„Und?"

„Lies das Etikett auf der Schachtel. Das ist eine Nerf-Gun. Weißt du noch, was ich dir dazu gesagt habe?"

Seine dunklen Augen leuchteten und er grinste verschmitzt, als er verstand, worauf ich hinauswollte. „Klaro", sagte er und lud einen Schaumstoffpfeil in die Pistole, und das mit weitaus mehr Geschick, als er mit der Waffe in der Hütte hantiert hatte.

Er biss sich auf die Lippe, kniff ein Auge zu, zielte und ...

„Ahh! Ich bin verwundet!", schrie Octocat auf und ließ sich theatralisch auf die Seite fallen.

Ich gab Pringle ein High Five und konnte es kaum erwarten, Cujo bei unserem nächsten Training davon zu erzählen.

Nie und nimmer hätte ich mit alledem gerechnet. Unser erster beinahe bezahlter Fall hätte echt übel für mich ausgehen können, und ich würde ihn garantiert nicht vergessen. Nicht in einer Million Jahren.

Wie geht es weiter?
Finde es schnell heraus ...

Kätzchen-Konfusionen ist jetzt erhältlich.

Sichere dir noch heute dein Exemplar, damit du direkt mit der Fortsetzung dieser verrückten Krimiserie weiterlesen kannst!

* * *

Und vergiss nicht, dich in Mollys Liste einzutragen, damit du über alle Neuerscheinungen, monatlich stattfindende Verlosungen und weitere coole Aktionen (einschließlich jeder Menge Katzenfotos) informiert bleibst.

Hole dir noch heute dein persönliches Exemplar und fange direkt an zu lesen. Katzengeheimnisse.com/abonnieren

WIE GEHT ES WEITER?

Ist Octocat tatsächlich Papa geworden? Da stimmt doch was nicht!

Eines Morgens steht vor Angies und Octocats Haustür plötzlich eine Kiste mit einem Wurf kleiner Kätzchen darin. Die hungrigen Babys sind zwar absolut niedlich, jedoch bergen sie ein gruseliges Geheimnis, denn in ihrem Fell klebt jede Menge Blut …

Eigentlich hatte Charles für Angie eine große Überraschung zum bevorstehenden Valentinstag geplant, doch nun bringen die Katzenkinder alles durcheinander. Kurzerhand hilft er ihr aufzudecken, wer die kleinen Quirle dort ausgesetzt hat und warum ihre Pfoten blutverschmiert sind. In der Zwischenzeit muss Octocat den Babysitter spielen, und darüber ist der nicht gerade begeistert.

Werden sie es gemeinsam schaffen, die Kätzchen zu versorgen, ein neues Zuhause für sie zu finden und obendrein ihr Geheimnis zu lüften, damit der Valentinstag doch nicht komplett ins Wasser fällt? Es klingt fast unmöglich, aber auch nur fast ...

Hole dir noch heute dein persönliches Exemplar und fange direkt an zu lesen.

Viel Spaß!

KURZE VORSCHAU
KÄTZCHEN-KONFUSIONEN

Hallo, mein Name ist Angie Russo. Ich war früher Anwaltsgehilfin, aber jetzt bin ich Vollzeit-Privatdetektivin – zumindest theoretisch.

Bislang hatten wir nur etwa einen Fall pro Monat, und keiner davon war wirklich ordentlich bezahlt. Zum Glück verfügt mein Kater über einen sehr großzügigen Treuhandfonds, den er von seiner früheren Besitzerin geerbt hat, was die Sache im Moment enorm erleichtert.

Oh, und meine Fellnase kann sprechen. Aber nicht mit jedem, nur mit mir. In Anbetracht der Tatsache, dass er mich ständig nur kritisiert und mir ungebetene Ratschläge erteilt, hätte er sicher auch gar keine Zeit, sich mit jemand anderem zu unterhalten, selbst wenn er es könnte.

Habe ich schon erwähnt, dass „Octocat", so heißt er, noch dazu mein Geschäftspartner ist? Ja echt, wir ermitteln stets im Team.

Mein Lebenspartner ist ein attraktiver, kluger und stets hilfsbereiter Anwalt namens Charles Longfellow, ein wirklich lieber Kerl. Er ist mein „Süßer", Octocat hingegen bezeichnet ihn gerne als „Kotzbrocken".

Wahrscheinlich muss ich mir bald einen Deal überlegen, damit mein Herr Kater mit diesem Unsinn aufhört. Der Valentinstag steht vor der Tür, und ich möchte nicht, dass er uns dazwischenfunkt und uns womöglich den Tag ruiniert.

Möglicherweise ist Octocat an diesem besonderen Tag jedoch mit seinem eigenen Date beschäftigt. Er führt nämlich eine Fernbeziehung mit einem ehemaligen Katzenshow-Model, Grizabella. Ich glaube, verliebter könnten zwei Katzen nicht sein. Zu allem Überfluss reibt er mir immer wieder unter die Nase, wie viel besser seine Beziehung ist als meine.

Ein verrückter Kerl, oder?

Und ich habe auch noch einen Hund – einen kleinen Chihuahua aus dem Tierheim namens Paisley. Sie gehört eigentlich meiner Großmutter, aber wir leben ja alle zusammen.

Paisley ist so süß wie eine doppelte Portion Karamelleis mit Streuseln und Schokoladensauce. Manchmal ist sie zu gutgläubig, was die Absichten der Menschen angeht, weshalb sie nicht immer die beste Spürnase abgibt, wenn wir gemeinsam Verbrechen aufklären.

Grandma hingegen kann bei unseren Fällen auf ihren riesigen Schatz an Lebenserfahrung zurückgreifen und hat meistens eine ungewöhnliche Lösung parat. Als ehemalige Broadway-Schauspielerin besitzt sie für jeden Anlass das passende Kostüm und kommt stets ein wenig extravagant daher. Das liebe ich an ihr.

Eine Art Hassliebe verbindet mich dagegen mit dem dreisten Waschbären, der in meinem Garten wohnt. Sein Name ist Pringle, und vor einiger Zeit hat er heimlich auf unserem Dachboden herumspioniert und dabei ein lange gehütetes Familiengeheimnis zu Tage gefördert, dass wir bis jetzt noch nicht völlig aufgeklärt haben. Die Schnüffelei hat er allerdings wieder gutgemacht, indem er mir vor ein paar Wochen tatsächlich das Leben gerettet hat.

Als Dankeschön erlaube ich ihm neuerdings, ins Haus zu kommen, wann immer er will, und das ist ziemlich oft. Seitdem ist unsere Lebensmittelrechnung in die Höhe geschnellt und Pringle inzwischen kugelrund – kein Wunder, bei all dem Junkfood, das er täglich in sich hineinstopft.

Manchmal wünschte ich, ich hätte nie diese Nahtoderfahrung gemacht, die mir die Fähigkeit verlieh, mit Tieren zu sprechen, aber dann rufe ich mir all die erstaunlichen Dinge ins Gedächtnis, die mein Leben seither bereichern. Das Beste davon ist sicher meine Freundschaft mit Octocat, aber das behalte ich lieber für mich, denn er zeigt mir auch nur selten, dass er mich verdammt gut leiden kann. Doch wenn er es mal tut, strahle ich den ganzen Tag wie ein Honigkuchenpferd.

Und das bringt mich zum heutigen Tag: Es ist schon wieder eine Weile her, dass mein Kater sich dazu herabließ, sich von mir streicheln zu lassen. Meine Eltern sind seit drei Tagen auf einer luxuriösen Alaska-Kreuzfahrt, und ich hatte keinen neuen Ermittlungsauftrag mehr, seitdem der Bürgermeister mich letzten Monat engagierte, um seinen vermissten Golden Retriever aufzuspüren.

Ob ich mir ein neues Hobby zulegen sollte? Das habe ich mich schon öfters gefragt, während ich so auf unseren nächsten großen Fall warte, der sich hoffentlich bald auftun wird. Mit Werbung habe ich es schon versucht, aber das war ein ziemlicher Reinfall. Was könnte ich denn noch anstellen?

Mist.

Vielleicht sollte ich wieder zur Uni gehen und einen Bachelor in Kriminalistik oder so machen. Ich habe sieben Associate Degrees, also quasi halbe Bachelor-Abschlüsse, weil mich schon immer so viele verschiedene Sachen interessiert haben, zu viele, um mich mehrere Jahre lang auf ein bestimmtes Gebiet zu konzentrieren. Aber jetzt, wo ich Privatdetektivin bin, kann ich mir kein anderes Leben mehr vorstellen. Würde ein entsprechender Abschluss dazu beitragen, das Vertrauen potenzieller Kunden zu stärken?

Oder vielleicht könnte ich eines Tages damit sogar bei der Polizei als angestellte Ermittlerin anfangen? Ob sie mich dort statt mit einem menschlichen Kollegen mit meinem Kater zusammenarbeiten lassen würden? Wenn nicht, wäre das definitiv ein Hinderungsgrund.

Puh, so viele Optionen, aber keine davon scheint mir die richtige zu sein.

Dabei hat mir mein Bauchgefühl im Grunde schon zugeflüstert, was ich tun sollte, bloß ist das genau die Option, die ich eigentlich partout vermeiden möchte.

Mein Freund Charles hat mir mehr als einmal angeboten, dass er mich in seiner Kanzlei einstellen könnte, um an seinen Fällen mitzuarbeiten. Aber wäre das eine gute Idee? Sicher, Charles war ein guter Chef, als ich noch Assistentin dort war – so haben wir uns anfänglich auch kennen und lieben gelernt.

Jedoch hat sich unsere Beziehung seitdem so viel weiterentwickelt, und ich habe ehrlich gesagt Bedenken, dass unsere wunderbare Verbindung darunter leiden könnte. Außerdem fühlt es sich wie ein gewaltiger Rückschritt an, in die Anwaltskanzlei zurückzukehren, auch wenn ich dann eine andere Position innehätte.

Ich glaube, ich bin im Moment etwas verwirrt und weiß einfach nicht genau, was ich tun soll. Vielleicht sollte ich meinen Kater bitten, für mich zu entscheiden.

Octocat musterte mich mitleidig von seinem Platz auf meinem Nachttisch aus. Er zuckte unruhig mit dem Schwanz und stieß dabei ein Döschen mit Kopfschmerztabletten um, das scheppernd zu Boden fiel. „Ich sehe, du brauchst schon wieder meinen Rat."

Eigentlich hatte ich vor dem Schlafen noch ein

paar Seiten lesen wollen, dann jedoch mein Problem angesprochen, und wie erwartet hatte er eine ganze Menge zu sagen.

„Also, jetzt mal Butter bei die Fische", fuhr er fort, während seine Schwanzspitze wie ein Metronom hin und her pendelte. „Alles, was du hast, verdankst du im Grunde mir. Das Haus. Den Job. Den Freund. Muss ich noch mehr anführen?"

Schon wollte ich ihm widersprechen, doch ich schluckte es hinunter, denn traurig, aber wahr: Er hatte recht. Und ich hasste es, dass er recht hatte.

„Was soll ich also deiner Meinung nach tun?", fragte ich mit skeptischer Miene.

„Ist das nicht offensichtlich?" Er kniff die Augen zusammen und seufzte dann: „Oh, richtig, ich vergaß, du meintest ja, das sei unter deiner Würde."

Ich widerstand dem Drang, ihn rauszuschmeißen, um endlich Ruhe zu haben, sodass er unbeirrt mit seinem Vortrag fortfuhr. Dass mich seine Worte verletzten, schien er überhaupt nicht zu bemerken. „Der Kotzbrocken hat dir doch ein Angebot gemacht, und ich denke, du solltest es annehmen."

„Nenn ihn nicht so", grummelte ich.

Er verdrehte seine großen, bernsteinfarbenen Augen. „Du brauchst mehr Erfahrung und Referenzen, und er bietet dir an, dir dabei zu helfen. Und es geht hier schließlich nicht nur um *dich*."

Ich biss mir auf den Daumennagel und seufzte resigniert. „Okay, ich werde gleich morgen mit ihm reden."

Mit diesem Ergebnis schien mein Haustiger zufrieden zu sein. „Gibt es noch andere Bereiche in deinem Leben, die ich heute Abend für dich in Ordnung bringen soll, oder kann ich mich jetzt meinen nächtlichen Pflichten widmen?"

„Welche nächtlichen Pflichten?" Davon hörte ich zum ersten Mal. Zwar unterstützte er mich mitunter bei der Lösung von Fällen, doch ansonsten machte er tagsüber nie viel. Sollte er nachts tatsächlich deutlich aktiver sein?

„Ach, weißt du ... Meinen Lieblingsplatz auf der Couch warmhalten. Alle Theken und Tische inspizieren, um sicherzustellen, dass sie noch stabil sind. Das Haus vor Geistern beschützen. Aufpassen, dass die ...“

„Moment, was war das gerade? Das Haus vor Geistern beschützen?"

Er starrte mich fassungslos an, als wäre meine Frage völlig abwegig gewesen. „Ja. Wusstest du das nicht? Nur Katzen können sie sehen."

Ich musterte ihn eine Sekunde lang, um festzustellen, ob er es ernst meinte, aber sein Blick blieb ausdruckslos.

„Gibt es wirklich Geister?", fragte ich ungläubig. Obwohl ich selbst so etwas wie eine magische Fähigkeit besaß, fiel es mir schwer zu glauben, dass übernatürliche Wesen unter uns wandelten wie in einem Märchen.

Mein Kater gähnte, und sein ekliger Thunfischatem schlug mir ins Gesicht. „Du wirst sie wohl niemals zu Gesicht bekommen", erwiderte er schnippisch, bevor er vom Nachttisch hüpfte und aus dem Zimmer trottete.

Geister, ja? *Hm.* Irgendetwas sagte mir, dass ich in dieser Nacht nicht so gut schlafen würde.

Hole dir noch heute dein persönliches Exemplar und fange direkt an zu lesen.

ÜBER MOLLY FITZ

Obwohl USA-Today-Bestsellerautorin Molly Fitz genau genommen nicht mit Tieren sprechen kann, führen sie und ihre drei tierischen Co-Autoren oft tiefgründige und lebhafte Gespräche, während sie den alltäglichen Dingen des Lebens nachgehen.

Molly lebt mit ihrem Kind und ihrem eigenen Privatzoo irgendwo in der Wildnis von Alaska. Gelegentlich wagt sie sich hinaus, um ein exquisites Essen zu genießen, einen guten Kaffee zu trinken oder neue Tierfreunde zu treffen.

Erfahre mehr über Molly und ihre deutschen Veröffentlichungen, indem du dich gleich für ihren Newsletter anmeldest:

www.katzengeheimnisse.com

MISS DOLITTLES GEHEIMNIS

Angie Russo hat sich gerade mit dem ersten sprechenden Katzendetektiv von Blueberry Bay zusammengetan. Gemeinsam mit seiner bunt zusammengewürfelten Schar menschlicher und tierischer Helfer ist Octocat fest entschlossen, jede Situation zu retten – solange sie nicht mit seinem persönlichen Zeitplan kollidiert.

Viel Spaß mit Band 1 – **Kommissar Katerchen**

MERLINS MAGISCHE ABENTEUER

Gracie Springs ist keine Hexe … ihr Kater hingegen schon. Jetzt muss sie alles in ihrer Macht Stehende tun, um sein Geheimnis zu wahren, oder sie riskiert, den Rest ihres Lebens in einem magischen Gefängnis zu verbringen. Zu dumm, dass sie den Ärger geradezu magnetisch anzuziehen scheint!

Viel Spaß mit Band 1 – **Merlin findet eine Vertraute**

AGENTUR FÜR PARANORMALE ZEITARBEIT

Tawny Bigfords gewöhnlich zu nennendes Leben nimmt eine magische Wendung, als sie über die Leiche ihrer Vermieterin stolpert und von einer sprechenden schwarzen Katze rekrutiert wird, die Rolle der Verstorbenen als offizielle Stadthexe von Beech Grove, Georgia, zu übernehmen.

Viel Spaß mit Band 1 – **Eine Hexe für alle Gelegenheiten**

DAS GEISTERHAFTE GÄSTEHAUS (MIT TRIXIE SILVERTALE)

Sydney Coleman hat alles erreicht – und doch steht sie irgendwann vor dem Nichts. Gerade, als sie ihr neues Bed and Breakfast eröffnen will, stellt sich ihr ein Geistertrio auf Schritt und Tritt in den Weg. Die Geister bestehen darauf, dass sie den Mord an ihrer Herrin aufklärt, aber Sydney braucht dringend Geld. Wenn nicht bald ein paar zahlende Gäste eintreffen, ist ihre Spukvilla dem Untergang geweiht.

Viel Spaß mit Band 1 – *Mörderischer Mondschein*

VERBINDE DICH MIT MOLLY

Wenn du ebenfalls ein großer Fan von spannenden, schrägen Tierkrimis bist, sollten wir unbedingt Freunde werden.

Wie wäre es, wenn du direkt einmal meine Facebook-Seite besuchst, die ich speziell für meine treuen deutschen Leser eingerichtet habe? Hier der Link dazu:

Facebook.com/Katzengeheimnisse

Oder melde dich für meinen Newsletter an und sichere dir als Abonnent gratis ein digitales Geschenkpaket, einschließlich einer exklusiven Kurzgeschichte über Octocat:

Katzengeheimnisse.com/Abonnieren